徳間文庫

十津川警部
鹿島臨海鉄道殺人ルート

西村京太郎

徳間書店

目次

第一章　剣士の旅

1

横井哲《よこいさとし》、三十五歳、池袋警察署の現職の刑事である。と同時に、日本一の剣士でもある。

今年一月に行われた剣道の全国大会で、横井は、優勝し、日本一の剣士に、なったのである。

今日三月一日、横井は、一日だけ休暇をもらって、鹿島神宮《かしまじんぐう》と、水戸にある弘道館《こうどうかん》に、行くことにした。

茨城県の鹿島神宮に祀《まつ》られている神は、剣の神、勝負の神で、鹿島新当流《しんとうりゅう》発祥の地でもある。

横井は、剣道の全国大会の前に、鹿島神宮に参拝し、もし、優勝した時には、自分が、毎日の素振りに使っている木刀を、奉納すると誓った。

また、横井の生まれは、茨城県の水戸である。いわゆる〝水戸っぽ〟である。

水戸徳川家が、藩士の学校として作ったのが、弘道館である。

子供時代の横井は、時々、弘道館に行き、その雰囲気を、自分のものにしようと、励んだことがある。

横井は、その弘道館にも、鹿島神宮と同じように、愛用の木刀一振りを、奉納するつもりである。

今朝、横井は、二振りの木刀を袱紗《ふくさ》に包み、袋に入れて、それを抱えるようにして、自宅を出た。

中央線で東京駅まで出ると、駅前から出ている、高速バス「かしま号」に乗った。

横井は、中学時代から剣道を習い、高校、大学、そして、警察学校でも、剣道一筋でやってきた。

その強さは、日本一といわれながらも、性格の優しさが、災いしてか、全国大会で優勝したことは、一度もなかった。

今年の一月の全国大会は、自分にとって、これが、最後の大会だと、横井は考えていた。

それで、神頼みというわけではないが、大会前に、鹿島神宮と、水戸の弘道館に行き、もし、優勝したなら、愛用の木刀を、奉納する。そうやって、自分を追いつめたのである。

今年一月の全国大会で、横井は、見事に優勝を飾り、日本一の剣士になった。今日は、そのお礼である。

高速バス「かしま号」を、「鹿島神宮」で下車し、鹿島神宮に、向かった。

鹿島神宮に参拝し、愛用の木刀を奉納した。

日本一の剣士になれたことを、報告するとともに、プライベートでは、日本一の剣士になるまではと、結婚を待ってもらった恋人の佐知子《さちこ》とも、この秋には、結婚することが決まった。その報告もした。

その後、鹿島神宮駅から、水戸方面行きの鹿島臨海鉄道大洗《おおあらい》鹿島線に乗った。

十一時四十三分発の列車に乗る。一両編成の小さな列車である。

横井は、小中高と、茨城県内の学校に通ったのだが、その頃、何回か、この鹿島臨海鉄道に乗っている。

次の駅は、鹿島スタジアムだが、サッカーの試合が、開催されない日は、停《と》まらない。今日も、電車は、停まらなかった。

鹿島臨海鉄道の周辺は、畑だったり、原野だったり、そして、ところどころに、小さく整地された場所があって、そこには、かわいらしくて、真新しい家が建っている。

久しぶりに、鹿島臨海鉄道に乗っていて、横井が気づいたのは、踏切が少ないことだった。

普通、こうした地方の電車というのは、どうしても、道路との立体交差を作るだけの資本がないので、踏切が多くなってしまうのである。鹿島臨海鉄道は、その踏切が少ないのである。

(どうしてなのかな?)

と、思って、横井が、窓から外を見ていると、次の駅が近づくと、交差する道路が、急に高架になってきて、こちらの駅の頭上をまたいでしまうのである。

次の駅でも、同じだった。どうやら、どの駅でも、交差する道路が、駅の近くから、急に高架になって、頭上を通過していくのである。

横井には、それで踏切が少ないのだと、分かってきた。

そのつもりで景色を見ていると、横井は、少しばかり、楽しくなってきた。

細い農道だろうが、あるいは、広い県道だろうが、線路に向かって延びてくる。それが駅に近づくと、陸橋になって、駅をまたぐようにして、反対側まで行き、そこから普通の高さまで、降りていくのである。

その光景が、駅が近づくたびに、何度となく繰り返される。土地の人と鹿島臨海鉄道とで、協定して、道路は、線路をまたぐように作る。踏切は作らないと、約束しているように見える。

横井は、終点の水戸まで、行くつもりだったのだが、途中で気が変わって、三つ手前の大洗で、電車を降りてみることにした。

大洗は海に近く、大型のフェリーが発着する港がある。

子供の時、横井は、その大型フェリーが見たくて、大洗で降りては、港まで、よく歩いていったものである。

横井は、子供の頃を思い出しながら、港まで行き、停泊している、一万五千トンクラスの大型フェリーを見たあと、バスで、水戸に向かった。

2

横井は、ＪＲ水戸駅の前で、バスを降りた。

この近くで、有名なのは、日本三大名園のひとつといわれる偕楽園《かいらくえん》と、渡り鳥が飛来するので知られる千波湖《せんばこ》である。

そのほか、テレビで人気者になってしまった水戸黄門一行の銅像が、建っていたり、横井が、木刀を奉納しようとしている、昔の水戸藩の藩校、弘道館がある。

横井の卒業した高校が、この近くにあったので、学校帰りに、よく、偕楽園の中を歩いたり、千波湖に行って、白鳥を見たりしたものである。

弘道館に行く前に、横井は、腹が空《す》いたので、駅前の小さな食堂に入って、少し遅めの昼食を、取ることにした。

横井が、郷里の水戸を離れて、東京に住むようになってから、今年で、十六年になる。時折、水戸に帰るのだが、帰るたびに思うのは、水戸の町が、東京に比べて、静かだということである。

ただ単に、静かということではなくて、静謐《せいひつ》とでも、いったらいいのだろうか。のんびりと、ただ静かなのではない。内に秘めた強い力を持ちながら、表面は静か。そんな感じがするのである。

横井は、茨城県の出身ということをいわれるのが、あまり好きではない。それよりも、〝水戸っぽ〟といわれるのが、好きだ。

水戸藩は、尾張、紀伊とならび徳川御三家のひとつである。

徳川幕府を、ほかの二藩と協力して、支えていかなければならない立場なのに、水戸藩の浪士は、勤皇の志を持って、井伊大老《いいたいろう》を、斬《き》り捨ててしまった。

尾張と、紀伊からは、将軍が出ているが、水戸からは、一人も出ていなかった。やっと、十五代将軍に、慶喜《よしのぶ》が出たが、すぐ、大政奉還《たいせいほうかん》して、最後の将軍になってしまった。

水戸の人間というのは、昔から、いざとなると、人々を、驚かすようなことを、するのである。

そうした、水戸っぽの血が、自分にも、間違いなく流れていると、感じることがある。

昼食を済ませて食堂を出ると、横井は、まっすぐ弘道館に向かった。

広場に入った。そこを突っ切ったところに弘道館がある。広場には、いつの間にか、何人もの人々が集まって、何か、旗を振り回したり、大声を上げたりしていた。何かの集会が、始まったらしい。

弘道館に行くには、その群集の中を通らなければならない。

(困ったことになった)

と、思っていると、今度は、反対側から、こちらも、大声で、何か叫びながら、百人、千人という群集が、横井の背後から、集まってきた。

こちらの群集も、旗を持ち、鉢巻を締め、中には、マイクを口に当てて、大声で、叫んでいる者もいた。

怒号は、どんどん、激しくなり、死ねとか、殺せとか、危なっかしい言葉の、応酬になってくる。

横井は、いつの間にか、ふたつの群集の間に、挟《はさ》まれて、身動きが取れなくなってしまった。

そのうちに、群集の中に、若者のバイクが一台、飛び込んできた。そのバイクに衝突して、何人かが、倒れて、悲鳴を上げている。

横井は、そのうちの一人の手を、つかんで、引き起こした。

またドッと群集が揺れて、今度は、横井が地面に、倒されてしまった。

その瞬間、手に持っていた木刀を、袋ごと、落としてしまった。

慌てて、探そうとするが、群集が波のように押し寄せて、いつの間にか、木刀が、横井の視界から、消えてしまった。

そのうちに、石が飛び始めた。

その中のひとつが、横井の顔に当たって、額から血が、噴き出した。

横井は、だんだん、腹が立ってきて、

「どいてくれ！　どけ！」

と、叫びながら、目の前に、立ちふさがっている男を、突き飛ばしたり、女を、横に押しやったりしながら、何とか、群集の中から抜け出そうとした。

ところどころで、悲鳴が、上がっている。

横井は、何とか、群集の中から、抜け出すことができた。

近くに、警察署があった。水戸中央警察署である。

そこに飛び込んで、受付の警官に、横井は、自分の名前を告げた。

「私は、池袋警察署に勤務している刑事で、一月に行われた、剣道の全国大会で優勝した。そのお礼に、愛用の木刀を、鹿島神宮に奉納したあと、ここに来て弘道館にも奉納しようと思っていたのです。あの群集に巻き込まれているうちに、肝心の木刀を、どこかに、落としてしまいました。探したのですが、見つかりません。その木刀を、探してほしいんですよ。私の家の紋、鷹《たか》の羽《は》がぶっちがいになっている紋ですが、その紋を染め抜いた袋に収めてあります」

と、頼んだ。

受付の若い警官は、横井が、剣道の全国大会で、優勝したことは知っていたらしく、

丁寧な口調で、

「少し、奥で、お休みになりませんか？　今、群集が、ワーワー騒いでいますので、今すぐには、探せませんが、あと一時間もすれば、群集も、退去すると思います。そうなったら、探しますので、それまで、お茶でも飲んでいてください」

と、いってくれた。

「騒いでいる群集は、どういう、連中なんですか？」

横井は、受付の警官に、聞いてみた。

「実は、茨城県選出の代議士が、先日、突然、亡くなりましてね。四月に、その補選、補欠選挙が、行われることになっているのです。ひとつの椅子《いす》に、二人の候補者が、立つことになりましてね。二人とも、茨城県では有名人で、元々、仲が悪かった二人なんです。当然のことながら、後援者も、ふたつに分かれましてね。大変な騒ぎになっています」

そういえば、駅前の食堂で、食事をした時、壁に、ポスターが貼《は》ってあった。

〈茨城県の、衆議院議員補欠選挙は、四月第四日曜日が、投票日です。皆さん、投票に行きましょう〉

と、書かれたポスターである。

　水戸の人間は、こんな時に、やたらと、興奮するのである。水戸っぽは、とにかく、勝負がつくようなこと、白黒つけるようなことに対して、興奮を抑えられなくなるのだろう。

　今回の衆議院の補欠選挙も、水戸の人間たちは、お祭のようなものだと、思っているのではないだろうか？

　受付の警官がいったように、一時間も経《た》つと、騒いでいた群集も、いつの間にか、いなくなっていた。

　警官が広場に探しに行き、すぐ、横井が落とした木刀と、木刀の入っていた家紋入りの袋を持って、戻ってきた。

「このふたつ、横井さんのものに間違いありませんか？」

　若い警官が、妙に、真剣な表情で、聞いた。

「そうですよ。この木刀も、木刀を入れておいた袋も、私のものです。どうもありがとう。お手数をおかけして、申し訳ありませんでした」

　横井が、礼をいうと、

「もう一度だけ、念を押しますが、この木刀は、横井さんのものですね？　間違いありませんね？」

妙に、固い口調で、巡査は、繰り返してくる。

「間違いなく、私のものですよ。弘道館に奉納するので、私の名前が書いてあります。剣士四段、横井哲。この哲という字は、さとしと読みます。私が、墨で書いたものですから、間違いありませんよ。しかし、どうして、袋が、別になっているんですかね？」

「袋だけ、木刀とは、別の場所に、落ちていたんです」

「これから弘道館に行って、この木刀を奉納したいのですが、木刀と袋を、持っていっても構いませんね？」

「ちょっと、待っていていただきたいのです」

「どうしてですか？」

「このまま、お待ちください」

若い警官は、奥に引っ込んでしまった。

入れ代わりに、五十年配の、この警察署の、署長だという人間が、やって来た。

「署長の田中《たなか》です」

と、いってから、当惑している横井に向かって、

「少しお聞きしたいことがあるので、こちらに、来ていただけませんか？」

と、横井を、奥の署長室に、連れていった。

どうやら、何か、困ったことになっているらしいのだが、何も、説明してくれないので、横井には、見当が、つかないのである。

署長室に入ると、若い女性警官が、コーヒーを、淹《い》れてくれた。

「どうぞ、おあがりになってください」

署長は、いった後で、自分も、ひと口飲んだ。

「横井さんは、この木刀を、弘道館に奉納しようとして、こちらにいらっしゃったんですね？」

「そうです。受付にいた警官にも、話したのですが、今年一月の全日本剣道選手権大会で、幸運にも、優勝することができました。それで、鹿島神宮、ここは、武芸の神様ですから、そこに一振り、愛用の木刀を、奉納し、もう一振りを、私の生まれた水戸の弘道館に奉納させていただこうと思い、袋に入れて、持参しました。ところが、ここの広場を通る時、集会か何かで、集まっていた群集に、巻き込まれてしまいましてね。いつの間にか、木刀を失《な》くしてしまったのです。それで、受付の警官に頼んで、探してもらったわけです。幸い、すぐに、見つかったので、喜んでいます。これから、この木刀を持って、弘道館に行って、奉納したいと思っているのですが」

「もう少し待ってください」

と、署長が、いった。

「何か、あったんですか？」

「実は、広場の群集ですが、ここに来て、補選に、どちらが、勝つかということでモメましてね。とうとう死者が出てしまいました」

「死者がですか？」

「立候補予定者の一人が、あの騒動の中で亡くなっているのです。佐々木誠《ささきまこと》という名前で、興行会社の社長で、五十八歳。県内の、高額納税者の上位五人の中に入っているんです。いわば、県の有力者ですね。参考までにいいますと、もう一人の立候補予定者は、会田孝太郎《あいだこうたろう》といいましてね。水戸市長の秘書を、やっていた人間です。その後、県議会の議員をやったりして、こちらも、有力者です。その佐々木誠のほうが、死体で発見されましてね」

「そうですか。大変なことですね。しかし、私は、茨城の補選には、関心がないし、ワーワー騒いでいた群集にも、関心がないんですよ」

横井が、いった。

「なるほど」

「とにかく、もう、帰らせてもらってもいいでしょうか。早く、この木刀を奉納しないと、弘道館が閉まってしまいますからね」

横井が、いうと、

「実はですね」

また、署長が、眉《まゆ》を寄せて、いった。

「佐々木誠が、死体で見つかったのは、広場の、端のほうです」

「しかし、そのことと、私が、何か、関係があるんですか？」

「殺された佐々木誠ですが、額を、強い力で、殴られて死んでいたのです。死体の傍《そば》には、横井さんの、その木刀が、転がっていました。それに、ご覧になると分かると、思うのですが、木刀の先のほうに、血痕《けっこん》が、ついているのです。すでに乾いてしまって、黒っぽく変色していますが、間違いなく、血痕です」

と、署長が、いった。

慌てて、横井は、木刀の先を調べてみた。

なるほど、木刀の先が、黒っぽく、染まっている。明らかに、血が変色して、赤黒くなっているのだ。

「まさか、この私が、愛用の木刀で、佐々木誠という、立候補者を殴って殺したなんて、考えてはいらっしゃらないでしょうね？」

「もちろん、そんなことは、考えておりません。ただ佐々木誠が死んでいて、額を割られていた。そして傍にあった木刀には、血がついていました。これから検視を行いますが、正確な結果が出るまでは、お帰りいただくわけにはいかないのです。もちろん、横井さんが、犯人などと、思っていません。だからこそ、あなたの無実を証明しなければなりません」

署長が、いった。

3

（これ以上、抗議をしても、無駄だろう）

と、横井は、思った。

調べてもらえば、自分が、そんなバカなことをするはずはないと、分かってもらえるだろう。

そう考えて、命じられるままに、取調室で待つことにした。

県警本部から、警部一人と、刑事一人が、やって来た。

警部の名前は、柳沼《やなぎぬま》といった。五十歳ぐらいだろう。

「死んだ佐々木誠の、検視の結果が、出てきました」

と、柳沼は、あくまでも、丁寧な口調で、横井に、いった。

「それによると、死亡推定時刻は、午後四時から五時の間。あの広場で、群集が揉《も》み合っていた時です。死因は、鈍器による顔面の殴打。額が割れて、血が、噴き出ていました。死体の傍には、木刀が転がっており、その木刀には、佐々木誠と同じ血液型の血痕が、付着していました。凶器は、間違いなく、死体の傍にあった、木刀だろうということです。この木刀が、横井さんのものであることは、分かっていますから、この木刀によって、犯人が、どうして、佐々木誠を、殺したのか？　それを、考えてみたいのです。つまり、あなたの木刀が、どうして、犯人の手に、渡ったのか？　それを、話していただけませんか？」

「先ほど、こちらの、署長さんにもお話ししたのですが、今年の一月、私は、剣道の全国大会で、優勝いたしました。そこで、武術の神様である鹿島神宮と、水戸の生まれですので、藩校だった弘道館に、私がいつも素振りに使っている木刀ですが、それを、奉納しようと思って、今朝早く、東京を、出発しました。水戸に着き、駅前の食堂で、食事を取りました。そのあと、店を出ると、店の前の広場が、群集で、埋まってきたのです。集まった人たちは、ワーワー何かを叫んでいるのですが、私には、何を叫んでいるのか、全く分かりませんでした。そのうちに、それに、反対する群集が、ドッと押し寄せてきまして、私は、ふたつの群集に、挟まれてしまいました。誰かが石を投げたり、殴り合いが、始まったりしていましてね。私は、手に持っていた木刀を、落としてしまったのです。必死になって、探しましたが、見つかりません。群集の渦から、やっとの思いで、抜け出して、この警察署に来て、受付にいた若い警官に、木刀を落としたことを告げ、何とか探し出してほしいと頼みました。そして、群集が立ち去ったあと、木刀と、それを、入れておいた袋が見つかったといって、受付の若い警官が、持ってきてくれたのです。これが、私の知っている全《すべ》てで、そのほかのことは、私にも分かりません」

「それを、証明できますか？」

柳沼警部が、聞く。

「証明ですか？」

「ええ、そうです。あなたが、群集に揉《も》まれて、木刀を、落としてしまったこと。群集を抜け出して、この、水戸中央警察署に来て、木刀を落としたので、探してほしいといったこと。それ以外のことは、何もしていないという、証明です」

「それは、難しいですよ」

「どうして、難しいのですか？」

「私は、水戸の生まれですが、高校を出た後に、上京して、大学を卒業して、刑事になりましたが、今は、東京の人間になってしまい、郷里の水戸には、せいぜい年に、一、二回しか、帰っていないのです。両親も、すでに、他界してしまっていますので、水戸は、大事な故郷ではありますが、もう、知り合いは、ほとんどおりません。あの群集の中にもいないはずですから、私のために、無実を証明できる人間は、一人もいないのです。ここでは、近々、衆議院の補欠選挙があって、二人が、立候補を予定していて、その中の一人、佐々木誠という人が、殺されたと聞きました。私は、この、佐々木誠さんのことも、もう一人の立候補者、会田孝太郎さんのことも、全く、知らないんですよ。以前に会ったこともなければ、もちろん、親しく付き合ったりも、していません。ですから、私には、佐々木誠という人を、殺す動機が、何ひとつ、ないんですよ」

横井が、いうと、柳沼警部は、すぐ、もう一人の県警の刑事に、何かを命じた。

若い刑事は、取調室を出ていったが、五、六分して戻ってきて、横井に、

「今、殺された、佐々木誠の家族や友人に会ってきました。会った人数は、十五人です。男が十人、女が五人、その十五人に、私は、あなたのことを、聞いてみました。

横井哲、三十五歳、東京の池袋警察署に勤務する刑事で、今年一月に開かれた、剣道の全国大会で優勝した。その名前に聞き覚えがあったり、以前に、どこかで、会ったことがあるという人はいるかと、聞いたところ、一人もいませんでした。こうなると、横井さんが、自分の木刀で、佐々木誠の顔を殴って、殺したことを、証明するのも、難しいですが、同じように、佐々木誠を、殺さなかったということを証明するのも、難しいことになり、困ったことになりました」

「私は、殺してなんかいませんよ。繰り返しますが、私は、佐々木誠という人の名前も、今まで全く、知らなかったし、もう一人の立候補者、会田孝太郎も、知りません。利害関係が、全く、ないんですよ。つまり、私には、佐々木誠を殺す理由がないんですよ」

「なるほど。そうですか」

一応、柳沼警部は、うなずいたものの、

「今の段階で、動機を知るのは難しいですし、動機なき殺人ということだって、十分に、考えられますからね」

「どうして、そんなふうに考えるんですか？」

「横井さんは、剣道の全国大会で優勝し、そのお礼として、愛用の、木刀二振りを、鹿島神宮と、この水戸の弘道館に奉納するために、鹿島を通って、水戸に着かれたわけですね」

「その通りだから、殺人の動機がないと、いっているんです」

「たしかに、そうですね。私も、横井さんには、はっきりとした、殺人の動機はないと思っています。しかしですね、こういうことも考えられますよ」

「どんなことですか？」

横井は、少しずつ、腹が立ってきていた。自然に、言葉遣いも乱暴になってくる。

「あなたは、水戸にやって来て、弘道館に行こうとしたら、群集が集まって来て、ののしり合いや、殴り合いを、始めてしまった。それに気を取られていたら、木刀を、落としてしまった。そういっていますがね、群集に巻き込まれて、その上、肝心の弘道館に行こうにも、なかなか行くことができない。そのうちに、石が飛んできたりした。そのひとつが、あなたの顔に当たったそうじゃありませんか？　それで、あなたは、猛烈に、腹を立てた。立候補者の一人、佐々木誠のほうに、行って、こんな宣伝合戦は止《や》めて、サッサと、この広場から退散しろとでも、いったんじゃありませんか？　ところが、鼻で笑われてしまった。そこで、手に持った木刀で、佐々木誠を、殴りつけたのではありませんか？」

と、あくまでも、容疑者扱いである。

「私は、留置されるんですか？」

横井は、柳沼警部に、聞いた。

「あなたの無実が証明されれば、今すぐにでも、釈放しますがね。その証拠は、今のところ、ひとつとして、見つかっていません。どうしても、凶器と思われる木刀の持ち主の、あなたが、いちばん、怪しいということに、なってしまうのですよ」

「この件を、私に、調べさせてもらえませんか？」

横井が、開き直っていうと、柳沼は、

「あなたが、あなたのことを、調べるんですか？」

「ええ、そうです」

「しかし、それは、どう逆立ちしても、無実の証明にはなりませんよ。夫婦でも奥さんの証言が、信用できないように、あなたが、あなた自身の、不利になるようなことを、いうはずはありませんからね」

「それでは、こういうことでは、どうでしょうか？　広場で、ふたつのグループに分かれてののしり合ったり、殴り合ったりしていた人たちですが、二人の立候補者の、支持者だから、調べれば、名前は分かるはずですね？」

「もちろん、調べれば、分かりますよ」

「その人たちと、私を、会わせてもらえませんか？　もし、私が、あの騒動の中で、佐々木誠の額を、木刀で殴って殺したというのであれば、それを目撃した人間が、必ず、いると思うのですよ。もし、私が、木刀で、佐々木誠を殴るところを、見たという証言が得られれば、私が被疑者ということになってきます。逆に、私以外の人間が、木刀で、佐々木誠を殴るところを見たという証人が、出てくれれば、私は、無実ということで、すぐに釈放されることになります。それで、お願いする。ぜひ名前を調べて、その人たちに、会わせてください」

「その中に、一人でも、あなたが、木刀で、佐々木誠を殴り殺すのを見たという証人が出てくれれば、あなたは、その証言を、認めるんですね？」

「ええ、認めますよ。そんな目撃者が、いるはずは、ないんですから」

県警では、横井を、今日は、留置することを決めたようだった。

横井は、それが分かると、弁護士を呼んでほしいと要求した。

それが許可されると、横井は、自分の知っている小島《こじま》という弁護士を呼んでもらうことにした。

小島は、東京弁護士会に所属している、五十代の、弁護士である。

横井は、電話で小島弁護士を呼び出し、自分の今の状況を伝えてから、

「これからすぐに、水戸まで、来てもらえませんか？　いろいろと、先生にご相談したいことがありますから。現在、私が留置されているのは、JR水戸駅近くにある、水戸中央警察署です」

と、いった。

4

夜の八時を過ぎて、小島弁護士は、やっと、水戸中央警察署に、顔を出してくれた。

横井は、小島弁護士に、自分の置かれている立場を改めて説明した。

「どうして、こんな妙な立場に、なってしまったのか、私にも、見当がつかないんですよ」

横井は、小島に、訴えた。

「とにかく、食堂を出たら、突然、群集に巻き込まれてしまいましてね。反対派の群集も押し掛けてきて、その渦の中に巻き込まれてしまって、身動きが、取れなくなってしまったんです」

小島弁護士は、

「その騒動があった広場の様子を撮影した、警察の写真が、あったので、それを、借りてきました」

そういって、二枚の写真を、横井の前に、置いた。

ふたつに分かれて、揉み合っている群集を、警察署の屋上から、撮った写真だった。上から撮っているので、その時の状況が、よく分かった。

ただ、一枚目の写真は、きっかりとふたつに分かれて、相手をののしったり、メガホンで、罵倒《ばとう》したり、旗を振り回したりしているだけだったのだが、二枚目の写真になると、ふたつに、分かれていた群集が、入り乱れて、怒鳴ったり、石を拾って、投げたり、相手を、蹴飛《けと》ばしたりしている。

「この頃になると、ところどころで、悲鳴が上がっていましたね。突き飛ばされて倒れている女性が、いたので、私は、手をつかんで、引き起こしたのです。両手を使ったので、抱えていた木刀を、落としてしまいました。その後、必死に、探したのですが、見つからなかったんです」

「落としたというよりも、誰かに、力ずくで、奪われたという感じでは、なかったんですか？」

「あの時は、私の顔に、石が当たったりしていましてね。だから、冷静ではありませんでした。ひょっとすると、私の木刀を狙《ねら》っていて、誰かが、力ずくで、持ち去ったのかもしれませんが、私の感覚では、倒れた女性を、助け起こそうとして、両手を使い、抱えていた木刀を、落としてしまった。そんな感じなんです」

横井が、いった。

「広場を埋めた人々は、どんな具合だったのですか？」

「みんな、殺気立っていましたね。最初は、ただ、相手側を、怒鳴ったり、悪口をいい合ったりして、いたんですが、そのうちに、人なみが崩れてきて、殴り合いが始まり、石が飛んできました。私の顔にも、石が当たったんですよ。額に、傷跡があるでしょう？」

「あなたも、近くにいた人間を、殴ったりしましたか？」

「最初は、とにかく、あの群集の中から、一刻も早く、抜け出そうと思ったのですが、近くにいた人間が、殴りかかってきたり、今もいったように、誰かが、投げた石が、顔に当たったりしましたからね。だんだん腹が立ってきて、近くにいた人間を、突き飛ばしたりしながら、やっと、群集の中から抜け出したのです。ですから、二、三人は、殴ったかも、しれません」

「その中に、誰か、知っている顔がありましたか？」

「全然、ありませんでしたね。だから、向こうも、私を、知らなかったと思います」

「群集の輪の中から抜け出すまで、肝心の木刀は、見つからなかったんですね？」

「そうです。見つかりませんでした。見つかっていれば、こんなことには、なっていませんよ」

　横井は、腹立たしげに、いった。

「これも、警察の話ですが、群集が消えたあと、広場には、いろいろなものが、落ちていたそうです。いちばん多かったのは、メガホン。それから、鉢巻、服のボタン、ボールペン、壊れたメガネ、そんなものが、あちこちに、散乱していたそうで、その中に、横井さんの木刀も、木刀を入れていた布製の袋も、あったそうです。まずいことに、広場には、佐々木誠の死体があって、傍に、横井さんの木刀が、落ちていて、先のほうに血痕がついていたんだそうです。ここの警察官が、話してくれましたが、その言葉には、ウソは、ないようです」

「それが、ウソでないことは、私も、認めますよ」

「そうでしょうね。ウソをつく必要は、ありませんね」

「ところで、私の木刀ですが、私以外の指紋は、ついていなかったんですかね？　あの木刀は、奉納することにしていたので、自宅できれいに拭《ふ》いてから、すぐに、布製の袋に入れて、ひもで、縛ってしまったのです。ですから、ただ、落ちていただけならば、私以外の指紋は、ついていないはずなんです。その点、小島さんから、確認してもらえませんか？」

と、横井は、頼んだ。

小島弁護士はすぐ、取調室から、出ていったが、しばらくして戻ってくると、

「木刀の指紋は、全部調べたそうです。そうしたら、一種類の指紋しか、発見できなかったと、いっています。あなたの指紋だけしかついていなかったというんです。だからといって、それで、あなたが犯人だと断定はできません。たぶん、あの木刀を振り回した人間は、指紋がつかないように、用心して、手袋をはめていたのだと、思われますからね。この辺りでは、まだ、空気が冷たいですから、犯人が、手袋をはめていても、誰も、別に、怪しまなかったと思いますね」

と、小島弁護士が、いった。

5

弁護士との面接が、時間切れになると、小島は、

「私は、横井さんの弁護に、全力を、尽くしますよ。誰か、連絡したい人がいれば、私のほうから、連絡しておきますが」

と、横井に、いった。

「実は、今年の秋に、結婚することになっている女性がいるのです。彼女に、まず、このことを話してください」

横井は、彼女の名前と、携帯電話の番号を、告げたあと、

「池袋署の署長にも、連絡しておいてくれませんかね？　無断で欠勤すると、心配するでしょうから」

小島弁護士は、水戸中央警察署を、出る時、署長に向かって、

「横井哲さんは、池袋警察署に、勤務する同じ刑事ですし、勤務態度も、真面目《まじめ》な、大変優秀な男です。もちろん、前科もありませんし、この秋には、結婚する約束をしている女性も、いるんです。今回のことに関して、横井さんが、犯人だと確定するまでは、マスコミには、発表しないでおいてほしいのですよ。彼が犯人でなかった時には、大きな傷を、与えてしまうことになりますからね」

そう、クギを刺した。

その日のうちに、横井哲が、殺人容疑で、水戸で、留置されてしまったことは、池

袋警察署の全員に、知らされた。また、警視庁の、捜査一課には、横井と同期生で、同じ、剣道仲間の刑事がいたことから、たちまち、この事件は、知られてしまうことになった。

捜査一課の刑事の中でも、横井が、このまま行けば、起訴になるかもしれないと、心配する者もいた。

起訴されたあとで、無罪が決まっても、それまでに警察の不祥事のひとつとして、マスコミに、取り上げられてしまう。新聞が取り上げ、テレビが報道する。

そうなると、精神的に傷ついている横井を助けるのは、難しくなってしまうだろう。

「いつまで、マスコミを抑えていられるでしょうか？」

亀井《かめい》が、心配そうに、十津川《とつがわ》に、話しかけてきた。

「今から、二十四時間かな」

十津川が、いう。

「二十四時間しかもちませんか？」

亀井が、眉をひそめた。

「このところ、あちこちで、警察官の不祥事が、続いているからね。マスコミの口を封じるのも、せいぜい二十四時間が限度だろうと、私は、思っている。もし、それ以上抑えてしまうと、公《おおやけ》になった時の反動が怖いんだ。身内の傷を、隠そうとする、それが、警察の常套手段《じょうとうしゅだん》だと、マスコミに叩《たた》かれてしまうからね。そうなったら完全に、警察の威信は、地に、落ちてしまう。それも怖いんだよ」

十津川が、いう。

「アイツは、本当の剣士です。そんな男が、人を、殺すはずがないんです。しかも、自分が愛用していた木刀で、他人を殴って、殺すなんてことは、絶対にありえません」

力を込めて、亀井が、いった。

「カメさんの気持ちは、よく分かるが、そういう、感情論では、窮地に立たされている横井を、助けることは、難しいんじゃないのかね？」

十津川が、いった。

これは、殺人事件である。何といっても、証拠が、モノをいう。

（横井が、犯人ではないという証拠が、見つかるか、犯人が、別にいれば、いいが、それ以外の状態でこのまま、行けば、間違いなく、起訴されてしまうのではないか？）

と、十津川は、思っていた。

第二章　古武士の剣

1

三月五日、陽《ひ》が差すと暖かいが、陽が陰ってくると、涼しいというよりも寒い。そんな空気の中で、ＪＲ上野駅を降りた小さなグループがあった。

男女七人のグループで、三十代から四十代を、中心とした、いわば、壮年のグループだが、その中で一人だけ、還暦をすぎた六十一歳の男がいた。

男の名前は、梅木清一郎《うめきせいいちろう》。国立歴史館の館長を、やっていたのだが、去年、定年で辞め、その後、アマチュアの、歴史研究グループ、「江戸歴史研究会」を作り、そのリーダーに収まっていた。

彼らは、ＪＲ上野駅の不忍口《しのばずぐち》を出て、駅前の、信号を西に渡り、京成上野駅の入口の前を歩き、上野公園入口の階段を上っていくと、そこに、西郷隆盛《さいごうたかもり》の銅像があった。

リーダーの梅木が、その銅像の前に立ち止まって説明をする。

「江戸の市民から見たら、西郷隆盛は敵側のリーダーですが、江戸を戦火から守ってくれた恩人だというので、明治三十一年、一八九八年に、この銅像は、建てられました。ご覧のように、犬を連れているから、ウサギ狩りをやっている時の姿だと、考えられています。次は、西郷隆盛の銅像の、すぐ後ろにある、彰義隊《しょうぎたい》の墓に、参拝することにしましょう」

西郷隆盛の銅像の裏に回ると、梅木がいったように、少し薄暗い感じの、彰義隊の墓地があった。

西郷隆盛の銅像のまわりには、十二、三人の観光客がいたが、その裏の彰義隊の墓のほうには、観光客の姿はなかった。

「こちらの彰義隊の墓地は、西郷隆盛の銅像よりも早い、明治十四年に作られていて、墓碑銘に彫られた文字は、山岡鉄舟《やまおかてっしゅう》の揮毫《きごう》によるものです」

と、梅木清一郎が、説明する。

「彰義隊と官軍が戦ったのは、たしか、上野戦争の時でしたね？」

と、女性の一人が、いうと、男の会員が、

「その上野戦争は、たしか、たったの一日で、官軍の勝利で、終わってしまったんですよね？」

と、いい、今度は、三人目の会員の男が、

「どうして、彰義隊は、この上野の山で戦ったんですか？」

と、梅木に、きいた。

「ちょうど今、彰義隊を、誰が、何のために作ったのかを、これから、説明しようと思っていました」

と、梅木が、いった。

「徳川幕府の、精神的な支えとなったのが、南光坊天海《なんこうぼうてんかい》という、天台宗の僧侶《そうりょ》なんです。この天海というのは、ひじょうに、謎《なぞ》の多い坊さんでしてね、徳川家康《とくがわいえやす》、二代目の将軍、徳川秀忠《とくがわひでただ》、そして、三代目の徳川家光《とくがわいえみつ》のブレーンとして仕えていて、この三人に、大きな影響を与えています。三代もの将軍に仕えた僧侶は、この天海しかいません。とにかく、三代に仕えたので、天海が、何歳まで生きたのか、これもまた、謎に包まれているのです。百三十四歳まで生きたという説もありますし、九十歳説、百二歳説、百十四歳説など、いろいろとあるのですが、いちばん信頼がおけると思うのは、百八歳で、死んだという説なんです。それでも、当時の日本人の男が百八歳まで生きて、しかも、三代の将軍に大きな影響を与えていたというのは、大きな驚きということができます。この上野の山には、あとでお参りしますが、寛永寺《かんえいじ》と、東照宮《とうしょうぐう》があって、どちらも徳川幕府のゆかりの地です。平安時代から、わが国では、中国に倣《なら》って、都を定める時には、まず、方位を重視しました。京都の平安京でいえば、東西南北を、それぞれ、青竜《せいりゅう》、白虎《びゃっこ》、朱雀《すざく》、玄武《げんぶ》と名付けました。これは、中国の四神相応《じんそうおう》の思想で、角力《すもう》の四本柱も、この思想に基づいています。この思想では、北東の方角が鬼門角《きもんかく》と呼ばれ、悪鬼が、ここから、侵入してくると、考えられています。そこで、この鬼門に、寺院を建て、鬼門封じが行われます。平安京の場合、北東には比叡山《ひえいざん》があり、そこには延暦寺《えんりゃくじ》が建てられ、鬼門封じが行われたわけです。江戸の場合、北東に当たるのが上野だったので、天海は、そこに、寛永寺を建立し、鬼門封じとしたわけです。この寺を建立した天海は、生前、ここに、彰義隊《しょうぎたい》という軍隊を置いて、上野の山を守るように命じたのです。しょうぎは床几《しょうぎ》と呼ばれる腰かけのことですから、将軍家を下から支えるという意味になります。この二百年後に、彰義隊は上野の山を守るために、官軍と戦うことになったわけです」

「天海さんは、果たして、二百年後に、自分が作った彰義隊が、上野の山を守るために、官軍と戦うことになると、予想していたんでしょうか？」

と、会員の一人が、きいた。

「天海は、ただの僧侶ではなく、江戸の陰陽師《おんみょうじ》といわれていて、徳川家を守るために、さまざまな予言をしたり、呪詛《じゅそ》をしたりしていたんです。ですから、二百年後に、官軍と戦うことになることを予想して、彰義隊を作ったのかもしれません。天海は、今、いったように、江戸の陰陽師と呼ばれていましたから、例えば、家光の側室、お楽《らく》の方が、懐妊した時、家光は、天海に頼んで、男子が無事誕生するように、祈ってくれといい、天海が祈禱《きとう》したところ、その後の四代将軍家綱《いえつな》になる男の子が無事、生まれたといわれているのです」

「天海は、ほかにも、面白い予言をしているんですか？」

「私が、いちばん面白いと思っているのは、天海がその死に際して、奇妙な予言をしていることなんです。それは、水戸家からは、将軍を出してはならぬという遺言です。江戸の将軍家に跡とりがいない場合は、水戸、尾張、紀伊の御三家から、適当な男子を選んで、次の将軍にするというのが、通例でした。例えば、八代将軍吉宗《よしむね》は紀伊出身です。天海が、水戸家から、将軍を出してはならないと、遺言したのはなぜなのか、皆さんに、分かりますか？」

そういって、梅木は、会員の顔を見回した。

みんな、黙って、考え込んでしまった。それを梅木は、楽しげに見て、

「天海は、江戸の陰陽師と呼ばれていたんですよ。それで、答えが出てくるでしょう？」

「そうか、水戸は、江戸から見て、北東で鬼門に当たるんだ！」

男の会員が、突然、大声をあげた。

「そうです。水戸は、江戸から見て、鬼門に当たるんです。だから、水戸家から将軍を出すと、徳川幕府にとって、不吉なことが起きるに違いないと考え、水戸家から将軍を出すなと、遺言したんです」

「しかし、将軍徳川慶喜は、たしか、水戸家の出じゃありませんか？」

会員の一人が、いった。

梅木は、ニッコリと笑って、大きくうなずいたあと、

「第十五代の将軍慶喜は、たしかに、水戸家から出た将軍です。明治維新になって、徳川幕府は、この十五代将軍慶喜で、終わりを告げてしまうのです。つまり、天海の遺言が的中したことに、なるじゃありませんか？　水戸家から将軍を出してはいけないと、彼が遺言していたのに、水戸家から、将軍が出てしまったので、そのために、徳川幕府が滅びた。そう考えれば、天海の予言は、恐ろしいほど当たっているのです

よ」

「その天海は、上野の山を守るために、彰義隊を作ったのでしょう？　その予言は、当たっていることに、なるのでしょうか？」

女性会員が、きいた。

「たしかに、天海の予言は、見事に当たっているのです。天海が、その予言をした時は、徳川将軍三代目の家光の時で、それから長く、徳川幕府が、続くのですから。二百年後に自分の作った彰義隊が、官軍と戦争をすることになるのかどうか、そこまで見通していたかどうかは分かりません。官軍が攻めてきて、寛永寺にいる彰義隊に向かって、ただちに降伏せよと命じた時に、寛永寺の貫首《かんじゅ》である輪王寺宮《りんのうじのみや》は、こういって拒否したのですよ。それは、天海の遺言に『一朝ことあれば、この輪王寺宮を還俗《げんぞく》させて、京の朝廷と戦う』とあるのです。そう遺言しているので、官軍の命令を拒否し、そして、上野戦争に突入したのですよ。ですから、天海の遺言は当たっているようでもあり、敗北して官軍の手から上野を守れなかった点では、当たっていないということもいえるのです」

と、梅木が、いった。

2

一行は、いったん、不忍池《しのばずのいけ》の縁《ふち》まで、降りていき、その後、池に沿って、北に歩いていった。

上野戦争の最後の激戦地となった花園稲荷《はなぞのいなり》神社に着く。

さらに北に歩いて、徳川家康を祀った上野東照宮に近づく。

寛永二年、一六二五年、天台宗の関東総本山として建てられた寛永寺が見えてきた。

正式な名称は、東叡山《とうえいざん》寛永寺である。

これは、天海が京都の町を真似《まね》て、江戸の北東の鬼門に建てた寺で、関東の比叡山という意味である。歴代の将軍家の恩顧を受けて、一時は、三十六もの子院が立ち並んだという。

しかし、上野戦争で多くの建物が、焼失してしまっている。

「今日は、この寛永寺を参拝したあと、上野駅に戻って、次に、問題の水戸に行くことにしましょう」

リーダーの梅木が先頭に立って、寛永寺の境内に入っていった時、突然、一人の背の高い男が、会員たちの前に立ちはだかった。

羽織《はおり》袴《はかま》姿の男である。

梅木清一郎は、一瞬、羽織袴姿の男を、この寛永寺の、関係者だと思い違いをして、

「寺務所の方ですか？」

と、きいた。

「天誅《てんちゅう》を加える」

妙に落ち着いた声でいい、男は、左手に持った白鞘《しらざや》の刀を、いきなり抜きはなった。

それまで梅木は、男が左手に持っているものが刀だとは、思って、いなかった。杖《つえ》か何かと思っていたのだが、急に、目の前がぴかりと光ったので、思わず、後ずさりした。

男は、その梅木を追うように、すり足で近づくと、いきなり、持っていた刀で、斬りつけてきた。

悲鳴が上がり、血しぶきが、飛んだ。

そのまま、梅木は、どっと、その場に倒れてしまった。

ほかの会員たちは、クモの子を散らすように逃げ出したが、ただ一人だけ、気丈な四十代の女性会員がいて、彼女は、震えながらも、

「止《や》めなさい！」

と、大きな声で、男に向かって怒鳴ったが、その瞬間、男の刀は、その女性会員も、斬り捨てていた。

それまで、静かだった寛永寺の境内が、突然、地獄に変わってしまった。

江戸歴史研究会の会員のほかにも、何人か観光客がいて、その観光客たちが、悲鳴を上げ、寺務所から、寛永寺の職員が飛んできた。誰かが、一一〇番した。

それでも、刀を抜きはなった男は、慌《あわ》てもせず、止めようとした寺務所の職員を、袈裟《けさ》がけに、斬り捨てた。

また、甲高い悲鳴が、上がった。

男は、ゆっくりと、刀を鞘に収めると、その場に正座し、白鞘の刀を、自分の前に、そっと置いた。

拳銃《けんじゅう》を持った数名の刑事が、境内に飛び込んできた。

その刑事が、拳銃を、男に向けて、

「刀を捨てなさい！」

と、大声で、怒鳴った。

もう一人の刑事が、空に向かって、銃を撃った。

「刀を捨てないと、撃つぞ！」

と、三人目の刑事が、いった。

その時、男は、なぜか微笑した。

拳銃を持った刑事たちが、ワッと、男を取り囲んだ。

3

この陰惨で、不可解な事件を、捜査一課の十津川班が、担当することになった。

すでに、初動捜査班によって、犯人は、逮捕され、上野警察署に、連行されている。

十津川と、彼の部下の刑事たちは、上野警察署に、向かった。

初動捜査班の中村《なかむら》警部が、十津川を迎えた。

「死者三人、ケガ人が二人。このケガ人のほうは、刀を振り回す犯人から、逃げようとして転び、ケガをしたもので、犯人から、直接斬りつけられたものじゃない」

「犯人の身元は、分かっているのか？」

十津川は、同期で警察に入った中村に、きいた。

「いや、分かっていない。何しろ、犯人は、まだ、何もしゃべっていないんだ。身元を、証明できるようなものは、何も、持っていない」

「三人は、即死だったのか?」

「まあ、即死といっても、いいだろうね。いずれも、刀で斬られた。これが、その凶器だ」

　中村が、机の上に置かれた白鞘の刀を、指さした。

　十津川は、手袋をはめて、その、白鞘の刀を抜いてみた。血が刃についていたが、すでに乾いていた。ずっしりと重い。

「刃こぼれは、ないね」

　十津川が、いった。

「ああ、ないね。三人も、斬ったのに、刃こぼれしていないところを、見ると、相当な名刀なんだろう」

　と、中村が、いった。

「いったい、どういう状況で、殺人が、起きたんだ?」

「江戸歴史研究会という、アマチュアの、グループがあってね、男三人と女が三人、それに、リーダーがいて、リーダーは、梅木清一郎という、去年まで国立歴史館の館長をやっていた六十一歳の男性だ。今日は、江戸時代の上野を、勉強しにやって来たといっている。上野駅で降りて、階段を上って、西郷隆盛の銅像を見たり、その後ろにある彰義隊の墓地に、足を延ばしたりして、最後に、不忍池の傍を通って、寛永寺に、行った。寛永寺は、近くの東照宮とともに、徳川幕府の、歴代の将軍が参拝した場所なので、リーダーの梅木清一郎が、寛永寺の、歴史とか由来とか、寛永寺を作った南光坊天海と、将軍家との関係などを説明しながら、寛永寺の境内に入っていったら突然、眼の前に、背の高い男が現れた。羽織袴という姿だったので、リーダーの梅木は、てっきり、寛永寺の寺務所の人間だと思ったのだろう。ところが突然、男に、刀で斬りつけられて、地面に倒れてしまった。驚いて、みんなが逃げる。会員の中の気丈な四十代の女性が、相手に向かって、止めなさいといったところ、彼女もまた、斬られてしまった。そこへ、寺務所の人間が飛んで来て、止めようとしたところ、彼も、斬り捨てられてしまった。一一〇番されて、われわれが到着した時には、すでに、三人の男女が、斬り殺されていたんだ。それでも一応、救急車で近くの病院に運んだが、病院に着く前に、すでに、こと切れていた。これが、今日起きた事件のすべてだよ」

十津川は、亀井と、取調室で、犯人を尋問《じんもん》することにした。

年齢は、おそらく、二十代半ばくらいだろうか？　羽織袴の胸の辺りに、返り血を浴びていたが、顔の表情は、ひどく、落ち着いているように見えた。

「まず最初に、君の名前を教えてくれないかね？」

と、十津川が、いった。

初動捜査班の中村は、犯人に、何を聞いても、全く返事をしない。黙秘しているといっていたが、十津川の問いに、男は、あっさりと、

「松平優《まつだいらゆう》、二十五歳」

と、答えた。

「いったい、どうして、あんなことをしたのかね？」

十津川が、きいた。

「私は、上野公園を歩いていた。そこへ、七人のグループがやって来た。静かに、見学して、帰ればいいものを、グループのリーダーらしき男が、自慢げに歴史の説明を始めた。それを、聞いているうちに、だんだんと、腹が立ってきた。そこで、彼に近づいて、斬り捨てたんだ。その後、中年の男女を、斬り捨てたが、全て、私がやったことだ。別に、自分のやったことを、否定はしない」

男が、はっきりした口調で、いう。

「君が、三人の人間を、斬り殺した理由は、何なんだ？　ただ単に、自慢げにしゃべ

っている男が、気に食わなかったからという理由だけで、斬りつけたのかね？」

「ほかに理由はない」

「最初に斬りつけたグループのリーダーの名前は梅木清一郎だ。前から、知っていたのか？」

「いや、知らない男だ」

「君は、刀を持って、寛永寺の境内にいた。君は、江戸歴史研究会のメンバー七人が、境内に入ってくるのを、知っていて、待ち構えていたのでは、ないのかね？　われわれは、そう、考えるほかないのだがね」

「いや、違う。たまたま、家に伝わる備前長船《びぜんおさふね》を持って参拝に出かけた。そうしたら、あのグループと、ぶつかったのだ」

「真剣を持って寺に参拝に出かける。そんな人間が、いるのかね？　君は、あの刀で、三人もの男女を、斬り殺している。君は、いつも、刀を持って、散歩するのかね？」

「今もいったように、あの備前長船は、代々家に伝わる名刀でね。このまま、私のような、つまらない者が持っていても、仕方がない。そう思って、上野の美術館に、持っていって鑑定してもらい、本物だったら美術館に寄贈するつもりでいた」

「それならば、上野の美術館に行く前に、どうして、寛永寺に寄って、三人もの人間

か？」

「今もいったように、上野公園に入っていったら、そこに、あのグループがいて、リーダーが、自慢たらたら江戸時代の話をしていた。男の自慢話は、見苦しい。特に、老人のは、だ。だから、斬り捨てた。ほかの二人は、刃向かってきたから、仕方なく、斬った。ほかに、意味はない」

松平優は、相変わらず、落ち着いた声で、説明する。

「住所は？」

「上野桜木二丁目、マンションビレッジ桜木五二五号室」

と、暗唱でもするように、松平優が、いった。

地理的にいえば、その住所から、寛永寺に、立ち寄り、上野の美術館に行くルートであることは間違いない。

「今日、君は、三人もの男女を、あの刀で、斬り殺してしまった。今までにも、君は、人を殺したことがあるのかね？」

十津川が、きいた。

「いや、ない」

松平優が、いった。

「君の現在の職業は？」

亀井が、きく。

「無職だが、食べるために、いろいろと、アルバイトをしている」

男、松平優が、いった。

「目撃者の話によると、三人が、アッという間に、斬られてしまったと、いっている。君には、剣道や、居合いの心得《こころえ》が、あるんじゃないのかね？」

「剣の道は、修行中で、居合いの心得も、ある」

男は、相変わらず、ボキボキ、途切れるようなしゃべり方をする。

「今でも剣道を、やっているのかね？」

「もちろん、やっている」

「どこかの道場に通っているのか？」

「池袋の田中道場。そこで、今まで修行してきた」

「家族はいるのか？」

「一人で、マンションで、暮らしている」

相変わらず、松平は、ぶっきらぼうな、答え方をする。

「今日、君は羽織袴に白足袋《しろたび》、そして、草履を履《は》いている。いつも、そんな恰好《かっこう》を、しているのか？」

十津川が、きいた。

「いや、今日だけだ。今もいったように、代々、わが家に、伝わる備前長船を上野の美術館に、鑑定してもらって、本物ならば寄贈しよう。そう思ったので、こちらも、それにふさわしい恰好をしただけだ。普段は、こんな恰好は、していない」

「君のことを、いちばんよく知っている人の名前を、教えてくれないか？」

十津川が、いうと、松平は、一瞬、考え込んでいたが、

「池袋の田中道場に行けば、私のことを知っている人間が、何人か、見つかるはずだ」

と、いった。

4

十津川たちは、池袋に行き、そこで見つけた田中道場に、顔を出した。

あまり広くない道場である。それでも、二人が行った時、五、六人の男女が、稽古《けいこ》

をしていた。

十津川は、道場主の田中陽造《ようぞう》に会った。五十代後半と思われる、小柄な男だったが、剣道の師範だけあって、姿勢はしっかりとしていた。

「こちらで、剣道を習っている男で、名前は松平優。ご存じですか？」

十津川が、きくと、田中は、

「ああ、松平君ならば、よく知っています。弟子ではありません。私の剣友で、私より、はるかに強い男です」

と、いった。

「松平優という男は、どういう男ですか？」

十津川が、きくと、田中は、急に、眉を寄せて、

「松平君が、何かしましたか？」

「実は、上野の寛永寺の境内で、人を殺しました。自分の家に、代々伝わるという備前長船を使って、三人の男女を斬り殺してしまった」

「刀で斬り殺した？　それも、三人もですか？　松平君が、そんなことをするなんて、私には、とても、信じられません。本当なんですか？」

田中は、明らかに狼狽《ろうばい》していた。

「本当に殺したのです。それも、何か理由があってのことでは、ありません。たまたま、寛永寺の境内に入っていくと、そこに、男女のグループがいて、リーダーらしき人物が偉そうに、江戸の歴史について、話していたので、思わず、カッとして、持っていた刀で、斬り殺してしまった。そういっているのですが、松平優というのは、普段からやたらに、カッとして、人をあやめるような人間ですか？」

「違います。そんな男じゃありません。礼儀正しいし、剣の道にも厳しくて、うちの弟子たちの模範になっているくらいです。そんな松平君が、意味もなく、人を三人も斬り殺すとは、私には、とても信じられません。別人じゃありませんか？」

「しかし、彼が、人を斬ったのは、事実なのですよ」

「私としては、何かの、間違いとしか思えませんが、刑事さんが、わざわざここまで、いらっしゃったということは、事実なんでしょうね」

「ええ、事実です。ただ、どうして、松平優が、凶行に及んだのか、その理由が分からなくて、困っているのです。落ち着いて、こちらの質問に答えていますしね。彼は、今回の犯行に使った刀は、自分の家に、代々伝わる備前長船だといっていますが、松平の家というのは、そうした名刀が伝わるような、家柄なのでしょうか？」

亀井が、きいた。

「松平君の家は、たしか、三重の出で、徳川の傍系で、旗本八万騎の一人だったと聞いたことがありますよ。自分の家には、先祖代々伝わっている刀があって、何かの功があって、将軍家から拝領した名刀だと話してくれたことがありました」

「それは、本当の話ですか？」

「そんなことで、ウソはつかないだろうと思います」

「松平は、その名刀を上野の美術館で鑑定してもらい本物なら、寄贈するつもりだったといっているのですが、この言葉は、信じられますか？」

十津川が、きく。

「松平君が、ウソをつくとは思えませんから、代々伝わる名刀を国に寄付したいというのは、本当のことだと思います」

「ところが、松平優は、その備前長船を、白鞘のまま、左手に持って、自宅から上野の美術館に向かって、歩いていたんですよ。とても、国に寄付するような態度とは思えません。その上、寛永寺の境内で、気に食わない男がいたからというので、その刀で斬り殺してしまったのです。この行為は、代々伝わる名刀を、国に寄付するという殊勝な話とは、どうにも、一致しないのですが、松平優という男は、そんな男ですか？」

「そんな男というのは、どういう意味でしょうか？」

「つまりですね、名刀を国に寄付するというのであれば、傷がつかないように、きちんと袋に入れて持っていくものでしょう？　いつでも、抜いて人間を斬れるような状態で、持って歩いていくものではないでしょう？」

「そういわれても、私は、松平優では、ありませんから」

「しかし、田中さんは、長いこと、剣道をやってこられたわけでしょう？　名刀の一振りや二振りは、持って、いらっしゃるんじゃありませんか？　田中さんの目からご覧になって、今いった、松平の行動を、どのように、思われるかおききしたいのですよ」

「たしかに、普通に、考えれば、彼の行動は、異様に見えますが、今、刑事さんにおききしたところ、松平君は、羽織袴姿で、白足袋を履《は》いて、いたのでしょう？　とすれば、彼なりに礼を尽くしていたのではありませんか？　ただ、名刀をあまりにも、無造作に持っていたので、そこだけは、たしかに、おかしいとは、思いますがね。彼自身としては、きちんと、正装をして、刀を持って、上野の美術館に行って、鑑定してもらうつもりだったと思いますが」

「たしかに、正装をしていたのかもしれませんが、肝心の刀を無造作に、持っていたり、寛永寺の境内で、いきなり、その刀で人を斬りつけて、男女三人を、殺してしまったというのは、これはどう見ても、異常としか思えません。まともな人間の行動じゃありませんよ」

「それは、たしかにそうですね。私も、そう思います」

田中の声が、弱々しくなった。

「ところで、ここには、月に何回ぐらい通ってきているのですか？」

話題を変えて、十津川が、きいた。

「それは、いろいろです。一週間に五日と、毎日のように来ることもあれば、半月や一カ月ぐらい、全く顔を、出さない時もあります。私の弟子に、稽古をつけてくれることもありますし、ただ、私と雑談をして帰ってしまうこともあります」

「壁に並んでいる名札は、この道場に通っている、田中さんのお弟子さんたちの名前ですか？」

壁の名札を指さしながら、亀井が、きいた。

「その通りです」

田中が、答える。

壁には、全員で二十五、六人の名札が、かかっている。松平優の名札は、弟子のところにはなく、田中と並べてかけられている。

十津川は、ずらりと並ぶ名札を見ていたが、そのうちに、オヤッという目になった。

「三番目に、横井哲という名札が、ありますね。この横井哲というのは、現職の池袋署の刑事じゃ、ありませんか？　たしか、全国大会で、優勝したと記憶しているのですが」

十津川が、いうと、道場主の田中は、やっと、笑顔になって、

「その通りです。池袋署の刑事さんで、全国大会で、優勝した横井哲さんです。いつもは、警察署の道場で鍛錬しているのですが、休みのときなどは、ウチに来て、稽古していますよ。以前私は、池袋署に行って、出稽古したことがあるので」

「横井刑事は、三月一日に、生まれ故郷の水戸に行って、自分が日頃使っている木刀を、弘道館に、奉納しに行ったところ、殺人事件に巻き込まれて、彼が、その木刀で、人を殺したのではないかと疑われて、現在、水戸中央警察署に留置されています。もちろん、田中さんも、そのことは、ご存じですよね？」

「ええ、知っております」

「この事件については、どう、思われますか？」

「もちろん、横井君が、そんなことをするはずはありません。間違いなく、冤罪《えんざい》だと、

思っています。池袋署の、知り合いの刑事に電話できいたら、あれは絶対に、何かの間違いだと、いっていました。そのうちに、誤認逮捕だということが証明されて、釈放されるだろうと、思っていますがね」

「今日、事件を起こした松平優と、横井哲とは、親しかったんですか？　それとも、全く面識がありませんでしたか？」

「親しくしていましたよ。横井君は、松平君を、古武士の風格があるといって、尊敬していましたから」

と、田中が、いった。

（古武士の風格か）

十津川が、呟《つぶや》いた。その言葉と、三人も殺してしまったこととと、どう結びつくのか。

5

午後には、上野警察署に捜査本部が置かれた。

犯人、松平優の自宅マンションを調べに行っていた西本《にしもと》と日下《くさか》の二人の刑事が帰ってきて、十津川に報告した。

「問題のマンションですが、五階建ての、かなり豪華なマンションでした。最上階の五階の角にある松平の部屋は、２ＬＤＫと部屋数は少ないのですが、一つ一つの部屋が、かなりゆったりとしていて、管理人に聞くと、松平は、この部屋を、二年前から借りているそうです」

西本が、いった。

「家賃は、月いくらなんだ？」

と、十津川が、きいた。

「毎月三十万円だそうです」

「家賃は、毎月ちゃんと、払っているのか？」

「ええ、部屋代が、滞《とどこお》ったことは、今までに一度もないと、管理人は、いっていました」

「月三十万円の家賃か。どうもおかしいな」

「何がですか？」

「現在は無職みたいなものだといっている。それなのに、どうして、月三十万円ものマンションに住めるんだ？　おかしいじゃないか」

「その点は、私も、少しばかり、おかしいとは思いましたが、資産家の息子かもしれませんし、スポンサーがついているのかもしれません」

西本は、そんないい方をした。

「部屋の様子は、どうなんだ？　2LDKの部屋を、松平は、どんなふうに使っているんだ？」

「ひと言でいえば、優雅にというんでしょうね。広い部屋に、何もないんです。テレビなし、パソコンなし。ベッドなし。代わりに、大きな神棚があって、床の間には、二振りの刀がありました」

「そうか、徹底しているのか」

「洋間には、じゅうたんの代わりに、畳が敷かれています」

「それでもマンション暮らしか」

「そうです。これだけ徹底していれば、普通は、日本家屋に住むんでしょうが」

「女の匂《にお》いは、どうなんだ？　部屋には、誰か、付き合っている女がいそうな、感じがあるか？」

「それがですね、女性の匂いが、全く感じられないんですよ。管理人にきいてみると、松平が独身であることは、間違いないようです。女性が、松平の部屋に、遊びに来たことはないようで、どの部屋にも、女性の匂いを感じさせるものは、何一つ、見つかりません。机の引き出しなども、全部調べてみました。女性の写真があるのではないかと、思ったのですが、これも、見つかりませんでした」

「そうか、女の匂いはないか」

「その代わり、この写真が、寝室の壁に飾ってありました」

日下が、額に入った一枚の写真を、十津川に見せた。

どこかの道場、というより、明らかに、あの田中道場である。そこで、稽古のあと、二人の男が、面を外して、ニッコリと笑っている写真だった。


〈古武士と現代の剣士〉


そんな言葉が、写真についている。明らかに、古武士は松平優で、現代の剣士は、横井哲だった。

「床の間には、大小二振りの刀が飾ってあったと聞いたが、他にも武具があったか？」

と、十津川が、きいた。

「かなり高価な感じの剣道の道具がありました。面、籠手《こて》、胴、それに、竹刀《しない》が揃《そろ》っていましたから、あれは、何かの試合で使われたものだと、思いました」

「君たち二人には、松平優が、何か大きな悩みをかかえていたのではないか、そのためにどこかの病院で、治療を受けたことがあるかどうか、調べておけといっておいたが、その点はどうなんだ？　何か見つかったか？」

「机の引き出しに、巣鴨《すがも》総合病院の診察券が入っていました。これが、そうです」

西本は、一枚の診察券を、十津川に示した。

たしかに、巣鴨総合病院の診察券である。

「それで、帰りに、この病院に寄って、心療内科の寺西《てらにし》という医師に、会ってきました」

と、日下が、いった。

「その医者は、松平優について、どういっているんだ？」

「寺西医師の話では、ちょうど今から一年前の、去年の三月に、あることがあって、それによって、松平優が深い悩みをかかえていたということなんです。その時に初めて、彼を、診察したと、いっていました」

「それで、現在の、松平の状態は、どうなんだ？」

「寺西医師は、現在のところ、完全に立ち直って、安定している。そういっていました」

　その言葉に、十津川は、戸惑ったように、

「安定している？　その医者は、ちょうど、一年前の三月、ある事件があって、松平優の状態がおかしくなった。そういっているんだな？」

「はい。そういっています」

「去年の事件というのは、どういう事件なんだ？」

「それがですね、そのことについては、何も話をしてくれないのですよ。何回きいても、医師としての、守秘義務があるので、患者のことは、いくら、警察でも、絶対に話せない。そういって、突っぱねるんですよ」

「今日起きた、上野の事件については、その医者に話したのか？」

「ええ、話しました。あまりにも、その寺西という医者の態度がつっけんどんで、いくら頼んでも、何も話してくれないので、仕方なく、松平優が、いきなり三人もの男女を、日本刀で斬り殺してしまったと、事件についての話をしました」

「そうしたら、寺西医師の態度は、どうなった？　何か変わったのか？」

「最初は黙って、私の話を、じっと聞いていました。そのあと、事件のことは、知っているといいました。しかし、依然として、前と同じように、医者の守秘義務を持ち出して、何も話せないと拒否されました」

「確認するが、去年の三月に、何か事件があって、松平優の状態がおかしくなった。医者は、そういったんだな？」

「そうです」

「一年前の事件が、どんな内容なのか分からないのか？」

「全く分かりません。何も教えてくれませんから」

残念そうな顔で、西本が、十津川に、いった。

「そうか、分かった。医者が、教えてくれないのなら仕方がない。こちらで、調べてみようじゃないか」

社会的な事件で、世の中が大騒ぎになった事件であれば、当然、新聞の記事になっているはずである。

十津川は、去年三月の、新聞を持ち出して、部下の刑事たちと一緒に、一ページずつ、丁寧に見ていくことにした。

しかし、二回三回と、繰り返してチェックしたが、これはという事件は、出ていなかった。

（参ったな）

と、十津川は、思った。

社会的な事件ではないとすると、新聞をいくら調べたところで、巣鴨総合病院の医師がいっていたという、去年の三月に起きた事件というのが、いったい、どういうものなのかは、全く分からない。

十津川は亀井も連れずに、わざと一人だけで、巣鴨総合病院に、出かけることにした。

そこで、寺西医師に会う。

警察手帳を示した十津川に対して、寺西は、露骨に、嫌な顔を見せて、

「前の刑事さんにも、お答えしましたが、患者の秘密については、いかに、警察といえども、お話しすることはできないのですよ」

と、いった。

「こちらにお邪魔した刑事に、先生は、去年の三月に、松平優が、あることに遭遇して以来、深く悩んでいる。そういわれたそうですね？　今は、立ち直って、安定している。そうもいわれた」

「たしかに、そう、いいましたよ」

「その松平優が、上野の寛永寺の境内で、たまたま居合わせた三人の男女を、日本刀

を使って、斬り殺してしまったんですよ。その苦悩が遠因となっているのでは、と考えられませんか」

どうしても十津川は、相手を非難する口調になってしまう。

「それとこれとは、話が別ですよ」

と、寺西が、いう。

「いったい、どこが、別なんですか？　あなたには、松平優は、現在は安定して見えた。もう大丈夫だと、あなたは、診断したんでしょう？　ところが、その松平が、三人の人間を、殺してしまったのです。そのことに対して、あなたにも、責任があるのではありませんか？」

十津川が、いうと、

「もちろん、私だって、医師としての、責任は感じますよ。しかし、そのことと、患者のプライバシーを、しゃべっていいかどうかとは、関係がありませんよ。何といわれようとも、私は、松平優について、何かを警察に話すつもりは、ありません」

相変わらず、頑固に、寺西医師がいった。

第三章　狂気の階段

1

水戸中央警察署に留置されていた横井哲、三十五歳は、突然、釈放になった。

しかし、横井には、釈放の理由が気に入らなかった。

横井が、完全なシロ、無罪なのが分かったので、釈放するというのではなくて、証拠不十分による釈放だったからである。

署長が、横井に向かって、いった。

「証拠不十分による釈放ですので、凶器の木刀は、しばらく、お返しできません。そのことは、了承していただきたいと思います」

「私は、依然として、容疑者の一人ということですか？」

「正直にいえば、あなたには、容疑が残っています。しかし、あなたが犯人だという証拠もありません。このまま、留置しておくことはできないので、釈放する。そういうことです」

署長は、持って回ったような、いい方をした。

不満足ではあったが、横井は、釈放されると、まず、池袋警察署の署長に電話を入れ、釈放されたことを、伝えてから、東京に帰ることにした。

しかし、横井が、実際に、足を向けたのは、池袋警察署ではなくて、上野警察署のほうだった。

さらにいえば、上野警察署に設けられた捜査本部のほうである。

ここで、松平優による殺人事件の捜査に当たっていた十津川警部と、横井哲は、会うことになった。

十津川は、これまでに、何回か、横井哲に会ったことがある。池袋で起きた殺人事件の時、池袋署の横井と一緒に、捜査をしたことがあるし、剣道の全国大会の時には、十津川のほうが、試合を、見に行ったこともあった。

「松平優は、どうしていますか？」

いきなり、横井が、きいた。

横井は、水戸中央警察署に、留置されていたが、上野で起きた殺人事件については、署長が、話してくれていたので、大体のところは、分かっていた。

「こちらの質問に対して、松平は淡々と答えている。上野で三人を斬《き》りつけて殺したことは、はっきりと、認めているし、ただ、動機が分からない。その点になると、松平は、口を閉ざしてしまって、話そうとは、しないのだ」

「動機については、何もしゃべりませんか？」

「いや、歴史研究会のリーダー、梅木清一郎の場合は、その態度が、どうしても、気に入らなかったので、日本刀で斬り捨ててしまったと、話している」

「警部は、その説明では、納得できずにいるわけですか？」

「そうだ。納得できないね」

「どうしてですか？」

「たしかに、松平優は、二十五歳とまだ若いが、誰に聞いても、剣一筋で生きている真面目《まじめ》な男だと、いう。今の世の中では、異質な人間だが、少なくとも、相手の態度が、気に食わなかったという、そんな単純な理由で、相手を、斬り殺すような人間ではないだろう。松平優のことを知っている人間の誰もが、そんな言葉を口にしている。だから、彼の自供は、全く信用できないんだよ。君も、そう、思っているんじゃないか？」

「ええ、私にも、信じられません」

「君は、松平優のことを、よく知っているのか？」

「ええ、よく、知っています。私が通っている田中道場で松平によく稽古《けいこ》をつけてもらいました。しかし、私は、松平の前では、まるで、子供同然です。何回か、彼と試合をしたことが、ありますが、全く歯が立ちませんでした。何しろ、彼は、剣の天才です」

「そんなに、強いのか？」

「ええ、強いですよ。滅多に、試合はやりませんが、私とは、次元が違います」

「しかし、松平優が、剣道の大会で優勝したという話は、今までに、一度も聞いたことがないが」

「そういう全国大会とか、東京都の大会なんかには、松平は出ません」

「どうして出ないのだ？」

「理由は、よく分かりませんが、松平が剣を研《みが》く目的は、全国大会に、出場して優勝するといった、普通の剣士が、目標にするような、そんなものではないようです」

「じゃあ、どんな理由なんだい？」

「分かりません。ただ、試合で勝つことではないことだけは、間違いありません」

「今の君の、話だけでは、やはり合点《がてん》が行かないね。松平優という男が、いったい、どんな男なのか、よく分からない」

「正直にいえば、私にも、松平優が、どんな人間なのか、つかめずにいるんです。話していると時には感じないのですが、たまに、彼と試合をすると、やたらに大きく、感じられてしまうのですよ。彼の剣も、人間も計り知れません」

「困ったな。君も分からないのでは」

「江戸時代の末期に、有名な剣士が、何人も現れています。その中で当時いちばん強かったのは、男谷精一郎《おたにせいいちろう》だといわれています。何でも、男谷道場に行って試合を申し込むと、三本のうち一本は、必ず負けてくれる。ところが、三本目は、絶対に負けない。それで、彼が、本当は、どのくらい強いのか、それが分からない。勝ったり負けたりならば、相手の強さも、計り知ることができますが、男谷のように、一本は勝たせてくれるが、最後の一本は、絶対に勝たせてくれないとなると、どこまで、強いのかが分からない。松平優の強さも、それに、似ているのです」

「松平という男の精神面は、どうなんだ？　まだ、二十五歳と若いから、腕は強くても、精神のほうは、子供なんじゃないか？」

「そんなことは、ありません。勉強もよくしていますよ。何事に対しても、冷静沈着で、私なんかは、年下の彼に、いろいろなことを、教えられてきました」

「つまり、精神修養を、しているということか？」

「松平優が、山奥の、小さな寺か何かにこもって、滝に打たれたり、座禅《ざぜん》をしているのを、見たことがあるという証人も、いるんです」

「しかし、そういう話を、聞けば聞くほど、違和感を、覚えてしまうんだよ。何しろ、松平優は、無防備の人間三人を、情け容赦《ようしゃ》なく、斬り捨てて、しまっている。理由をきくと、相手の態度が悪かった。気に食わなかったからだという。これが果たして、秀《すぐ》れた剣士の行動なのだろうか？」

「私は、水戸中央警察署に、留置されていたので、こちらの事件の詳しいことが、分からんのです。三人を殺害したということは、水戸中央警察署の署長に、聞いたのですが、被害者はどういう人たちなのですか？」

「三人のうちの一人は、東京にあるアマチュアの歴史研究会の、リーダーで、今年六十一歳になった梅木清一郎という男だ。歴史の研究がブームになっていて、いくつものの、アマチュアのグループが、都内にあることが分かっているが、梅木が主宰しているグループは、おそらく、その中では、いちばん大きいのではないかな。会員数は二百人ほどだが、何か発表会をやるとなると、四百人から五百人は、集まってくる。そういうグループだそうだ。二人目は、そのアマチュアの歴史研究会の会員で、高田《たかだ》文子《ふみこ》という四十歳の、家庭の主婦、三人目は、事件が起きた寛永寺の、寺務所の職員で、小池誠《こいけまこと》、三十五歳だ。この小池誠という寛永寺の職員は、松平優の乱暴を、止めようとして、斬り殺されてしまったのだ」

「松平優が、この三人全員に、個人的な怒りを持っていたとは思えません。どうなんですか？」

「松平優に、殺す理由があったのは、六十一歳の梅木清一郎くらいのものだろう。梅木は、アマチュアの、歴史研究会のリーダーで、寛永寺の創建の理由や、寛永寺と深いつながりがある、天海という怪僧について、会員たちに解説していたのだそうだ。松平優の自供によれば、会員に、話をしている梅木清一郎の態度が、あまりにも、傲《ごう》慢《まん》で、生意気なものだったので、思わず、日本刀を抜いて、斬り捨ててしまったといっているんだ。ほかの二人については、松平優が何も説明していないので、はっきりしないが、おそらく、巻き添えになって、殺されてしまったのではないだろうか？そんなふうに、考えている」

「警部の話を、聞けば聞くほど、松平優が、どうして、三人もの人間を、殺してしまったのか分からなくなってきます」

横井は、しばらく考えていたが、

「私は、松平優に会って話が聞ければと思ってきたのですが、面会させていただけませんか？」

「ちょっと待ってほしい」

十津川は、横井を、制してから、松平優本人の意思を確かめるために、いったん席を立った。

十分ほどして、戻ってくると、

「まず、君に、謝らなければならないことに、なってしまった」

「私とは会いたくないといっているのですか？」

「そうなんだ。松平は、今は、誰にも会いたくない。そういっているんだ」

「松平は、私だから、会いたくないといっているんですか？　それとも、誰とも会いたくないと、いっているんですか？」

「相手が君だから、会いたくないというのではなくて、今は、誰にも会いたくない。そういって黙ってしまうので、取りつく島がないんだ」

「松平は、本当に、私だから、会いたくないといっているのでは、ないのですね？」

「特定の誰かに、会いたくないというのではなく、今は、誰にも会いたくないと、そういっている」

「そうですか」

「もう少し、松平優という男について、君の知っていることを、話をしてくれないか？」

「私にも、逮捕された後の、松平優について、知りたいことが、たくさんあります」

「最初、事件の知らせを受けた時は、私は、またイヤな、無差別殺人事件が起きたのかなと思ったよ。何しろ、一瞬のうちに、三人が日本刀で、斬り殺されてしまったという報告だったからね」

「それで、十津川さんは、上野の現場に、行かれたんですね？」

「そうだよ。しかし、現場に行ってみて、私は、不思議な感じを受けた。一瞬のうちに、三人の男女が、日本刀で斬り殺されたと聞いて、これは、無差別殺人に違いない。はじめはそう思ったよ。後で上野署で私が尋問《じんもん》すると、松平優は、きちんと姿勢を正し、丁寧に、答える。『今、私は、備前長船で、三人の男女を斬り殺した。一人は、アマチュアの歴史研究会のリーダー、あとの二人は、会員の女性と、寛永寺の寺務所の職員である。一人ひとりに恨みがあるわけではなくて、アマチュアの歴史研究会の梅木というリーダーが、やたらに、知識を振りかざして、寛永寺の由来や、徳川家の歴史について話をしているので、それを、聞いているうちにカッとなって、たまたま手に持っていた備前長船で、斬り殺してしまった。その後、中年の女性と寛永寺の職員が、私を、止めようとした。あるいは、抑えようとした。私は別に、その二人に憎しみはないし、危害を加えるつもりもなかったが、体が反射的に動いて、斬りつけてしまっていた。梅木清一郎という男には、はっきりとした殺意を、持っていた。しかし、ほかの二人については、殺意はなかった。斬ってしまったのは、全くの偶然で、申し訳ないと思っている』と。

その場には、歴史研究会の会員も、何人かいて、彼らも事件を、目撃していたというので、私たちはまず、目撃者から、話を聞いた。その時の証言は、録音してあるので、聞いてみたらいい」

十津川は、テープレコーダーのスイッチを入れた。

それは、男三人、女一人の合計四人の歴史研究会会員の、証言だった。

自分たちの目の前で、三人もの人間が、日本刀で、いきなり斬り殺されてしまったのである。その直後の証言だから、中には、声が震えている者もいた。

〈いったい何が起こったのか、最初は分かりませんでした。だって、そうでしょう?

犯人は、ウチのリーダーのところに近寄ってくると、何もいわずに、手に持っていた日本刀で、いきなりリーダーを、斬り殺してしまったんですからね。もうビックリしてしまって、何が何だか、よく、分かりませんでしたよ〉

これは、男の会員の証言だった。

〈私は怖くて、体がすくんでしまっていたら、ウチの会員の、高田文子さんという人が、彼女は、とても勇気のある人なのですが、止めようとして、犯人に、近づいていったのです。そして、高田さんは、何か大声で、怒鳴《どな》っていました〉

〈何といったのですか？〉

〈高田文子さんは、そんなバカなことは、お止《や》めなさい。そう叫んだんじゃないかと思うのです。そうしたら、犯人が、こちらもいきなり、文子さんに斬りつけたんですよ。私はビックリしてしまって、血の気が引いて、その場に座り込んでしまいました〉

これは、女性会員の証言である。

聞いていた横井は、これらの証言で、どんなことが、起きたのか、想像することができた。

それは、まるで、映画のワンシーンのような光景だったに、違いない。殺された三人に向かって斬りつけた松平優の姿は、きっと、踊りでも、踊っているかのように、見えたのではないだろうか？

松平優の剣の腕前を、横井は、誰よりもよく知っている。その上、使われた日本刀は、名刀として知られている、備前長船である。

さらに、相手の三人に、剣道の心得があったとは、とても思えないし、ましてや、三人とも素手《すで》である。

松平優にしてみれば、まるで、人形でも斬るように、いとも簡単に、三人を斬り捨てていったのではないだろうか？

「犯行のあと、松平優は、大人しく逮捕されたのですか？」

横井が、改めて、十津川に、きいた。

「上野署の警官たちが、現場に到着した時は、すでに惨劇は終わっていたそうだ。松平は、寛永寺の境内で、正座して、前に凶器の備前長船を置いて、かけつけた警官に向かって『もう済みました』といったらしい」

「松平は、『もう済みました』といったのですか？」

「そうだ。落ち着いた声で、呼吸も乱れていなかったという話だ」

「それにしても、『もう済みました』というのは、どうにも、おかしなセリフですね」

「だから、私は一瞬、この男は、どこか、精神状態がおかしいのではないかと、思ったよ。たった今、一瞬のうちに三人もの人間を殺しておいて、落ち着いて警官に応対しているんだからね」

「たしかに、普通の精神状態とは思えないですね」

「しかし、松平を尋問すると、精神の歪《ゆが》みのようなものは、全く、感じられない。落ち着いて、淡々と、話をするので、ますます、自分の頭が、混乱してくるのを感じたよ。自分の凶行を説明する犯人の話し方が、普通の人以上に、落ち着いて、冷静だったからね」

「なるほど」

「それで、松平優について思い出すことがあったら、話してもらいたいのだ。どんなことでも、構わない。エピソードでも、単なるウワサでも、いい。松平は、犯行は認めているので、起訴をするのは簡単だが、心の中が、全く分からないので、困っているんだ」

十津川が、いうと、横井は、しばらく考え込んでいた。

「これは、松平優が、関係しているかどうか分からないのですが、ある事件が、去年の夏に、起こっているんですよ」

「どんな事件だ？」

「多摩川の河原に、何人かのホームレスたちが、住んでいたことが、あったのですが、ホームレスの一人が殺されてしまいました」

「その事件のことだったら、私も覚えている」

「犯人は、どうやら、近くの少年たちということになったそうですが、結局、犯人は捕まりませんでしたね。あれは、どうして、捕まらなかったのですか？」

「私の担当では、なかったが、話を聞いてみると、犯人を特定することが、できなかったんだ。五、六人の不良グループが、多摩川の河川敷《かせんじき》で生活していたホームレスに向かって、以前から、石を投げつけたり、暴力を振るったりしていた。そのことは、分かっていたので、地元の警察が、それを取り締まっていたことも、知っている。そのうちに、今、君が、いったように、ホームレスの一人が、石を投げつけられたり、暴力を振るわれたりして、亡くなってしまった。犯人が、逮捕されなかったのは、今もいったように、犯人の特定が、できなかったからだが、その後、役所から依頼された有識者三人が、河川敷に住んでいるホームレスの実態を、調べにやって来ていた。リーダーは、T大で社会心理学を教えていた准教授《じゅんきょうじゅ》の、四十二歳の、野村功《のむらいさお》という人だった。野村准教授たち三人の有識者は、その調査が終わった後、テレビに、出演して、ホームレスについての話をしたのだが、その時に、『テレビで発言した人たちは、ホームレスの本当の姿を、知らないのだ。ホームレスの生活というのは、そんな生やさしいものではない』といった内容の電話や手紙、メールが、テレビ局に、殺到したそうだ。

その三日後に、多摩川の河川敷で、野村准教授が、死体となって発見されたんだ。このほうは、調査に当たったので、よく知っている。野村准教授は、下から上に向かって斬り殺されていた。凶器は日本刀と考えられた。近くにいたホームレスが、野村功准教授が殺されるのを目撃していて、それを、われわれに、話してくれたんだよ。何でも、野村准教授は、一人で、懐中電灯を手にして、ホームレスの小屋を、ひとつひとつ覗《のぞ》いて、そこに住んでいる人と、話をしていたんだそうだ。その時、突然、小屋の暗がりの中で何かがキラリと光った途端に、野村准教授が、倒れてしまった。瞬間、血しぶきが飛んで、ビックリして逃げたと、目撃者のホームレスは、証言しているんだ。野村准教授を、斬り殺したホームレスが誰なのかは、結局のところ、分からなくて、この事件は、お宮入りに、なってしまった。何しろ、ホームレスが、T大の准教授を斬り殺してしまったなんて、全く想像できないからね」

「その件で、実は、犯人は、ひょっとして、松平優かもしれないと思ったんですよ」

横井が、いった。

「どうして、犯人のホームレスが、松平優ではないかと思ったんだ？」

「担当の刑事から意見を聞かせてほしいといわれ、その斬り口を見せられたんです。あまりにも凄《すご》かったからですよ。私は、一応、剣士ですから、少しは、分かるのです。殺された野村准教授の身体《からだ》に、残っていた斬り口ですが、何回も、刀を振るってつけたものではありませんでした。まさに、一刀のもとに、それも、下から上に向けて、見事に、野村准教授を斬り殺しているのです。あれほどの鋭い剣さばきができるのは、私が知っている限りでは、松平優しかいません。だが、あの松平優が、こんなことをするはずがない。そうも思ったので、黙っていました」

十津川は、その時の新聞記事を、もう一度、読み返してみることにした。

十津川は、新聞記事が収録されたマイクロフィルムを入手して、あの日一日だけの分を、モニターに映して、横井と一緒に、見ることにした。

「ホームレスは剣の達人か？」

これが、見出しだった。

何しろ、夜の多摩川の河川敷で殺されたのが、T大の社会心理学の准教授、野村功で、斬り殺したと思える犯人が、河川敷のホームレスという、猟奇的《りょうきてき》な事件、というよりも、珍しい事件だというので、新聞各紙が、大きく取り上げたのである。

「こんな鮮やかな斬り口を、私は見たことがありません」

そう証言しているのは、有名な剣道師範だった。

「この新聞記事に出てくる剣道師範は、私もよく知っている人で、彼は、私に、こんな話をしてくれました。『その時、犯人のホームレスは、地面の上に、敷いたゴザの上に、あぐらをかいて、座っていた。それを上から見下ろす形で、野村准教授が、笑顔で話しかけていたと思われる。次の瞬間、あぐらをかいていたホームレスが、手に持った刀で、下から上に向かって、斬り上げたのですね。たまたま、近くにいたホームレスの話によると、その場に立っていた、野村准教授は、音もなく倒れてしまった。悲鳴も上げなかったと、いっていましたから、あまりにも、犯人の切っ先が鋭くて、悲鳴を上げる間もなく、倒れてしまったということだと思うんですよ』。剣道師範の話は、こんな内容でした」

と、横井が、いった。

「そのホームレスが、松平優だというのか？」

十津川は、半信半疑の顔である。

「正直いって、分かりません」

横井が、いった。

「分かりませんが、あれほどの鋭い斬り口を、死体に残せる技を持っている剣士というのは、そんなに、いないと思うのです。少なくとも私は、松平優以外に、知らないのですよ」

「君だって、まさか、松平優が人を斬るのを、実際に、見たことはないだろう？」

十津川が、いうと、横井は笑って、

「もちろん、松平優が人を斬るところなど、実際に、見たことはありません。ただ、新刀の斬れ味を、試すために、巻きワラを斬ることがあるでしょう？」

「ああ、それなら、テレビで、見たことがあるよ」

「松平優が一度だけ、頼まれて新刀の試し斬りのために、巻きワラを斬るのを見たことがあるんですよ。私は今までに、何人もの剣士が、同じように、巻きワラを使っての試し斬りをするのを、見たことがありますが、あの時ほど、見ていて背筋が凍るような驚きというか、衝撃を受けたことはありません。その切っ先の鋭さ、スピードが今でも、私の記憶に、残っているのですよ。まるで、人間そのものを、斬っているような激しさ、鋭さといったような感じを、受けたのです。私は、ホームレスが、大学の准教授を斬ったという、事件の直後、私は剣士でもあり、刑事でもあるので、上司から、遺体の斬り口を見るようにと、いわれて、現場に行きました。そして、斬り口を見た時、松平優が試し斬りで見せた、あの、震えるような鋭さを感じたのです」

「しかし、T大学の准教授を、斬ったのが、松平優であるという証拠は、何もなかったわけだろう？」

「ええ、もちろん、ありませんでした。でも、あの斬り口を見た時に、私はすぐ、松平優の顔を、思い浮かべたのです」

「松平優のような剣の腕を持った人は、ほかにも、いるかもしれないじゃないか？そのことは、考えなかったのか？」

「全く考えませんでしたね」

「どうして？」

「私は、これでも、それなりに、認められた剣士の一人だと、自負しています。もちろん、日本のどこかに、実力のある、隠れた剣士がいるかもしれません。しかし、私の知っている限りでは、あれだけの、激しい剣の持ち主は、松平優しか思い浮かばないのですよ」

「君が、松平優に、初めて会ったのは、いつ頃なんだ？」

十津川が、話題を変えた。

「あれは、私が、全国大会で準優勝した時ですから、三年前ですね」

「今から三年前というと、たしか、君が三十二歳で、松平優が、二十二歳。そうだね？」

「ええ、そうです」

「その頃の、松平優は、どんな感じだったんだ？」

「彼と初めて会ったのは、例の田中道場なんですよ。田中先生に、ある日、『歳《とし》は若いのだが、すごい腕を持った剣士がいる。紹介するよ』、そういわれて会ったのが、松平優でした。田中先生の、話によると、伊勢の山奥の小さな村から、出てきたということでした。私の受けた第一印象は、若くて、素朴な感じだなというものでした」

「そうか。松平は、伊勢から来たのか」

「その時の話では、彼は、父親であり、また、剣の師でもある松平慎太郎《まつだいらしんたろう》と、一緒に住んでいた。その松平慎太郎は、鹿島新当流の達人で、子供の時から、松平優は、父親兼師に、剣の道を、叩《たた》き込まれたといっていました。三年前の正月、父親の松平慎太郎が、鹿島神宮から、招待されて、出かけていったのだそうです。ところが、松平慎太郎が、行方不明になってしまった。それで、父親を探すために、松平優は、伊勢からやって来た。そう、いっていましたね。その時、松平優の話では、父の松平慎太郎は、江戸時代から、自分の家に伝わる名刀、伊勢村正《いせむらまさ》一振りを、鹿島神宮に、奉納するために持っていったそうです」

「三年前？　松平優の父親であり、同時に、剣の師でもある松平慎太郎は、伊勢村正という名刀を持ったまま、行方不明になってしまった。それが、三年前のことだということだね？」

「ええ、そうです。その時、松平優に聞いたのは、そういう話でした」

「たしか、松平優自身も、上野の寛永寺で凶行に及んだ時、備前長船という名刀を、持っていたね。それは、殺人の証拠物件として、今、警察が預かっているが、三年前、彼が、伊勢から上京した時に、持っていたものだね？」

「そうですね。たしかに、伊勢村正ほどの名刀ではありませんけど、備前長船も、それなりの名刀です。父親が見つかった時には、二人で鹿島神宮に行き、父親は伊勢村正、松平優のほうは、備前長船を奉納したい。そう考えて、持ってきたようでした」

「君が、三年前に、初めて松平優に会った時だが、殺人を犯すような性格だと、思ったかね？」

「いや、そんなことは、ありませんよ。今もいったように、素朴な感じでした。後になってから、素晴らしい剣技の持ち主だと分かりましたが、その時は、ただ単に、若い素朴な青年という感じでした」

「その後、松平優は、東京に住んで、行方不明になった父親を探していたわけか？」

「ええ、最初のうちは、田中道場に、寝泊まりしていましたね」

「それで結局、父親であり、また、剣の師でもある松平慎太郎という人は、見つかったのか？」

「いや。見つかっていません。松平優が、東京や、茨城県、千葉県の地理に詳しくないので、私に時間がある時は、いろいろと、案内しました。鹿島神宮にも、松平優と一緒に、行きましたよ」

「それで、松平慎太郎は、鹿島神宮に、行っていたのか？」

「向こうに行って、社務所で、確認したところ、招待状を出したのだが、松平慎太郎さんは来ていない。そういわれました。その後、松平優は、あちこち、一生懸命に探していたようですが、とうとう、見つからなかったみたいで、去年ぐらいから少しずつ、悲しそうな顔をすることが、多くなりました」

「最初は、田中道場に、寝泊まりしていたんだろう？　先日、上野の寛永寺の境内で事件を起こした時には、上野のマンションに住んでいたと、思うが、途中からマンションに、移ったのか？」

「そうですね、途中から、アルバイトを始めたんですよ」

「どんなアルバイトをしていたんだ？」

「松平優は、体が頑健なので、体を使った、まあ、一種の、肉体労働ですね。それで金を稼ぎ、マンション暮らしを、始めたのです」

「そのマンションなら、私も見てきた。それにしても、あの月三十万のマンションに住むためには、アルバイトぐらいでは無理だと思うが、まあ、それはいい。私が、刑事としていちばん知りたいのは、三年前に、伊勢から来た松平優が、いつ頃から、変調を、見せ始めたのかということなんだよ。父親を探しに上京したが、とうとう見つからなかった。それで、少しずつ、おかしくなっていったんだろうか？」

「私は、おかしいとは、今も思っていませんけどね」

「しかし、三人の男女を、斬り殺してしまっているんだよ。それも、相手の態度が、気に食わないからという、理由にもならない理由でね。どう考えても、これは、明らかに、異常としか思えない。それからもうひとつ。多摩川の河川敷で、ホームレスの一人が、実態調査にやって来た大学の准教授を、いきなり日本刀で、斬り殺してしまった。君は、これも、ひょっとすると、松平優の仕業《しわざ》ではないかと、さっき、そういったよね?」

「それは、あくまでも、私の想像ですよ。松平優だという証拠は、何もないのです」

「それが、去年の夏だったね?」

「そうです。去年の、八月下旬です」

「そのホームレスが松平優だとしたら、その頃から、時々、変調をきたすようになっていたのでは、ないだろうか?」

「そんなふうに決めつけられてしまうと、困るんですがね」

「どうして、困るんだね?」

「斬り口の鮮やかさから見て、松平優ではないかと思いましたが、おそらく、違うでしょう。松平優と、いつ会っても、彼の中に、おかしなところなど、一度も見たことが、なかったんですから」

少しばかり、言い訳がましく、横井が、いった。

十津川は、メモ用紙に、横井の証言によって分かった松平優の行動の月日を、書き連ねていった。

三年前の一月十六日、父であり、剣の師でもある松平慎太郎を探しに、松平優が伊勢から上京し、田中道場に、寝泊まりするようになった。

去年の八月二十一日、多摩川の河川敷で、そこに、寝泊まりしていたホームレスによって、実態調査にやって来た、当時四十二歳の、野村功T大准教授が、斬殺《ざんさつ》された。犯人が松平優かどうかは、不明だが、その可能性がある。

そして、今年の、三月五日、上野の寛永寺の境内で、三人の男女を斬殺。その時に使われた刀は備前長船で、松平優が、伊勢の家から持ってきたものである。

行方不明の松平慎太郎は、名刀、伊勢村正を所持し、鹿島神宮に奉納する予定だったが、鹿島神宮の話によれば、松平慎太郎は招待したが、来ていないという。

「これは、大ざっぱなものですが、これで正しいだろうか？」

「そうですね、この通りですが、ホームレスの件は、あくまでも、私の想像で、証拠があるわけではありません」

横井が、念を押した。

十津川は、横井が、これから、田中道場に行くというので、同行することにした。

田中道場の道場主、田中陽造から、もう一度、話を聞きたかったからである。

2

田中は、十津川の顔を見るなり、尋ねてきた。

「松平優は、どうしていますか？」

「三人の男女を殺害したことは、素直に認めていますが、動機については、相手が生意気なことばかりいい、腹に据えかねたから殺したというだけで、本当の理由を、いわないのですよ」

「本当の理由が別にあると、十津川さんは、思っていらっしゃるんですか？」

「思っていますよ。こちらの横井君に聞いても、松平優という男は、いつも、穏やかで、すぐに、相手を殴ったりはしない人間だと、聞いています。そんな人間が、ただ単に、相手のいうことが、生意気だからといって、たまたま、手にしていた備前長船で、斬り殺してしまう。そんなことを、するはずは、ありませんからね。松平優の言葉は、信用できません。別の理由があるに、違いないと、私は思っているのです」

「そうですか、それは、困りましたね」

「横井君の話では、三年前に、松平優は、父親の松平慎太郎を、探しに上京してきて、こちらの田中道場で、寝泊まりするようになったそうですね？」

「その通りです。しばらく、ウチで、寝泊まりしていましたよ」

「田中さんは、前から、松平優をご存じだったのですか？」

「いや、全く、知りませんでした。私が知っていたのは、父親の松平慎太郎さんのほうで、一度、何かの時、たしか、古武道と、現代武道の会合があった時に初めて、慎太郎さんと、お会いしたんですよ。その時はすでに還暦になられたとかで、古武士の風格がありました。一目で尊敬してしまって、その後、親しくさせていただくことになったのです。松平慎太郎さんは、伊勢から、めったに、上京しては来られませんでしたからね。ほとんど電話か、手紙のやりとりしかありませんでした」

「その松平慎太郎さんが、鹿島神宮から招待を受けて、伊勢村正という名刀を持って上京した。その時、松平慎太郎さんは、ここに寄ったんですか？」

「いや、ここには、寄られませんでした。ですから、松平慎太郎さんが、鹿島神宮の招待を受けたことも、私は、全く、知らなかったのです。その後、松平優さんが私のところにやって来て、父親が、行方不明になっていることを聞かされて、それで、初めて知ったのです」

「松平優のことですが、去年の夏、八月の二十一日、多摩川の河原で、ホームレスが、大学の准教授を、日本刀で斬り殺したという事件がありました。横井君は、そのホームレスが、ひょっとすると、松平優なのではないか？　松平優がホームレスに化けて、その野村という大学の准教授を、殺したのではないかというのですが、田中さんは、この事件をご存じでしたか？」

「ええ、知っていましたよ。奇妙な事件でしたからね。剣の達人のホームレスが、大学の准教授を殺したみたいな、新聞の記事の見出しでしたから。その後、横井さんとも話をしました」

「それで、あなたは、横井君の意見に、賛成ですか？」

「その斬り口の、鋭さから考えれば、たしかに、松平君の仕業かもしれませんが、松平君が、そんなことを、するはずはありませんからね。ですから、私は、犯人は、彼のはずはないと思っています」

「このほかに、松平優の、武勇伝のようなものを、何か、お聞きになっていらっしゃいませんか？」

十津川は、田中と横井の二人を見た。

「武勇伝ですか」

「私は、松平優が、いきなり、上野で三人の男女を斬り殺したとは、思っていないのです。その前提になるような、何か事件が、あったに違いないと思っているのですよ。ホームレスの蛮行も、そのひとつじゃないかと思うのですが、ほかにも何か、あったんじゃ、ないでしょうか？　それをたどっていけば、松平優が、三人もの男女を斬り殺した理由のようなものが、浮かび上がってくるのではないか？　そんなふうに考えているのです」

「だったら、あれかな」

田中が、つぶやいた。

「あれって何ですか？」

早速、十津川が、きく。

「茨城県に、鹿島臨海鉄道という小さな地方鉄道が、あるんですよ。その大洗鹿島線が鹿島神宮から水戸まで、走っているんですが、その車内で、ちょっとした事件が、ありましてね。これには間違いなく、松平君が、関係しているんです」

事件だというのに、田中が、ニコニコしている。

「どんな事件なんですか？」

「今年の一月十七日でした。松平君が、行方不明のままの父親を探しに、鹿嶋《かしま》市に行ったんですよ。鹿島神宮の近くで、聞き込みをやりましたが、父親の消息は、何もつかめなかったそうです。その時、松平君は、父親の、慎太郎さんが、水戸藩の藩主、水戸斉昭《みとなりあき》のファンだったことを、思い出したんですよ。ひょっとすると、水戸に、行ったのかもしれない。そう思って、彼は、鹿島神宮から、水戸に行く、大洗鹿島線に乗ったのです。その車内で、何しろ一月の十七日ですからね、まだ正月気分が抜けない男たち、酔っ払って、ご機嫌の四人の男たちが、いたそうなんです。その男たちが、車内で暴れて、若い女性の乗客を、からかったり、それを制止した老人を投げ飛ばしたりしたんだそうです。それを見ていた松平君は、その四人の酔っ払いを、たちまち、叩《たた》き伏せてしまったというのです。それが、ニュースになって、地元の新聞に載ったんです」

「その時、松平優は、その四人に斬りつけたりは、しなかったんですか?」

「あっという間に、叩き伏せたとは書いてありましたが、大ケガをさせたとは、書いてありませんでしたね」

「間違いなく、松平優の名前が、新聞に出た事件なんですね?」

「その通りです」

と、田中が、いった。

十津川は、その事件を、調べてみることにした。

3

十津川が、この事件に関心を持ったのは、今年の一月十七日に起きていたからである。

去年の八月二十一日、多摩川の河川敷で、ホームレスが日本刀で、調査に来たT大学の准教授を、斬り殺してしまったという事件があった。

横井は、このホームレスの犯行の手口が、松平優ではないかといっている。ホームレスに扮《ふん》した、松平優の犯行だとすると、その次に、今年の一月十七日、大洗鹿島線の車内で、酔っ払って、悪さをした四人の男たちを、叩き伏せるという武勇伝を残した。そして、三月五日には、上野で三人の男女を斬り殺している。

八月二十一日と、今年の三月五日は、明らかに、松平優の異常な行動を示している。それなのに、その途中の、一月十七日は、酔っ払って、暴れていた四人の男たちを懲《こ》らしめていただけなのである。なぜ、この一月十七日の時には、前後のふたつの事件と違うのだろうか？

十津川は、その理由が、知りたかったのである。

十津川は亀井を連れて、まず、大洗にある、鹿島臨海鉄道の本社を訪ねて、一月十七日の事件について、尋ねることにした。

十津川は、広報担当の、真田《さなだ》という四十代の社員に、話を聞くことができた。

十津川が、

「一月十七日の事件についてお聞きしたいのだが」

と、いうと、真田は、

「間違いなく、その日の、午後の水戸行きの車内で事件がございました」

「何でも、四人の男が酔っ払って、車内で暴れた。それで、松平優という二十代の男が、四人を、叩き伏せてしまったそうですね。まあ、一種の武勇伝ですね。これが、事件の全《すべ》てですか？」

「その通りです。酔っ払いたちの振る舞いには、同じ車内にいた、ほかの乗客たちが困っていたので、松平優さんの行為には、みんなが、拍手をしたそうです」

「その事件のあとは、何もなかったのですか？」

「そのあとといいますと？」

「酔っ払って暴れた四人も、少年ではなくて、成人の男でしょう？　それなら、その後、何かもめたのではないかと思うのですよ。やられた四人のほうが、松平優に対して復讐《ふくしゅう》をしたのではないかと、そんなことも、想像してみたのですが、違いますか？」

　十津川が、いうと、真田は、困惑した表情になった。

「こういう事件は、あまり、大げさにはしたくないのですが」

「それでは、やはり、何かあったのですね？」

「お話ししなければいけませんか？」

「私は、この松平優という男が、関係している殺人事件の捜査を、しているのです。松平優の全てを、知りたいので、全部話していただきたいと思います」

　十津川が、うながすと、真田は、

「分かりました。では、お話しします」

　と、いった。

「四人の男の中に、五十嵐秀之《いがらしひでゆき》さんという六十五歳の男が、いたのです。ほかの三人は全て二十代で、その中の五十嵐さんは、ボスのような存在で、ほかの三人は、いわば、この五十嵐秀之さんの、付き人のようなものだったのです」

「どんな形の、ボスだったのですか？」

「五十嵐秀之さんは、水戸の、いわば、郷土史家でしてね。つまり、水戸の歴史というか、水戸藩の歴史というか、あるいは、水戸黄門《みとこうもん》のこととか、水戸斉昭のこととか、郷土の偉人について、何か、書こうとした時には、五十嵐秀之さんに、ひと言ことわらなければならないという、そんな感じの、ボスなんですよ」

「郷土史家ですか？」

「ええ、そうです。水戸藩についてとか、あるいは、今、申し上げた水戸黄門とか、水戸斉昭に関する重要資料は、ほとんど、この五十嵐秀之さんが、持っていて、水戸の歴史について、あるいは、水戸黄門や水戸斉昭について書こうとすれば、どうしても、五十嵐秀之さんが、持っている資料が、必要になるわけです。ですから、何かとうるさい人でしたね」

「なるほど」

「それに、四人全員が、酔っ払っていたわけじゃないのです。ボスの五十嵐秀之さんと、もう一人が、酔っ払っていて、ほかの二人は、いわば五十嵐秀之さんの、ガードをしていたわけですから、酔っては、いませんでした。ただ、この五十嵐さんが酔っ払って、車内で暴れていましてね。それを、止めようとしたのが、松平優さんでした。ところが、ボスが危ないというので、素面《しらふ》の二人が、松平優さんに殴りかかっていって、それで、乱闘になってしまったのです」

「ですが、松平優に、たちまち、やられてしまった？」

「ええ、そうなんです」

「それで終わったんじゃなかったんですか？」

「いったんは、終わったのですが、その後、五十嵐秀之さんが、いなくなって、しまったのです」

「一月十七日のあと、行方不明になってしまったんですか？」

「五十嵐秀之さんは、水戸にある、水戸斉昭公顕彰会という会の、会長をやっていましてね。その会のほうから、ウチに、照会があったのです。一月十七日に、会長の五十嵐さんは、会員の三人と一緒に、列車に乗り、水戸に帰ろうとしていた。その車内で事件が起きて、その後、行方不明になっている。何か知らないかという、照会でした。ですから、こちらでは、ありのままを、報告しました。それだけです」

十津川は、鹿島臨海鉄道のルートが描かれた地図をもらった。

「列車は、鹿島神宮から終点の水戸まで行くのですが、問題の列車に、乗務していた車掌の話では、鹿島灘《かしまなだ》駅を出た辺りで、騒ぎが起きたといっています」

「その後は、四人と松平優は、終点まで行ったのですか？」

「これも、車掌の証言なのですが、水戸の手前の大洗は、この臨海鉄道の中では大きな駅で、大洗の港からは、フェリーが出ています。ここで四人が降り、松平優さんのほうは、終点の水戸まで、行ったそうです」

「大洗から水戸まで、駅にして三つですね。時間にして、十六分ですか。このあと、五十嵐秀之が、行方不明になってしまったんですね？」

もらったばかりの路線図を見ながら、十津川が、いった。

「その通りです」

広報担当の真田は、それ以上は、分からないとも、いった。

4

十津川と亀井は、大洗鹿島線に乗り、終点の水戸まで、行くことにした。

水戸に着くと、市内にある、水戸斉昭公顕彰会の事務所に行った。行方不明になった五十嵐秀之という男が、そこの会長をやっていたと、聞いたからである。

今は、会長代理をやっているという片山《かたやま》という男に会った。片山は、一月十七日の事件の時、会長の五十嵐秀之と一緒にいたという男である。

十津川は、単刀直入に、一月十七日の事件のことをきいた。

「皆さんは、終点の水戸まで、行かずに、途中の大洗駅で、降りたそうですね？　どうして、そこで降りたのですか？」

「あの時は、五十嵐会長が、少し酔いを覚ましてから帰りたい。そういったので、みんな大洗駅で、降りたんですよ。それに、あの忌々《いまいま》しい、松平とかいう男と、終点の水戸まで一緒に、乗っていたくは、ありませんでしたからね」

「大洗で降りたあと、皆さんは、どうされたんですか？」

「港に行きましたよ。船を見ながら、酔いを覚まそうと、思ったのです。港に行って、入港していた船を、見ていたんですが、会長が、もうしばらく、船を見てから帰ることにする。お前たちは、三人で、先に、水戸に帰れといわれたのです。会長の命令ですから、私たちは三人で、先に水戸に帰りました。それが、会長を見た最後で、その後、行方が、分からなくなってしまったのです。必死になって、探したんですが、いまだに見つかっていません」

話を聞きながら、十津川は考えていた。

（ひょっとすると、五十嵐秀之という六十五歳の郷土史家で、水戸のボスである男の失踪《しっそう》と、松平優とは、関係があるのではないか？）

第四章　故郷熊野

1

十津川は、水戸斉昭公顕彰会で会長代理をやっている片山に、松平優の写真を、見せた。

逮捕した直後に、警察署内で、撮った写真である。

「念のためにお伺いするのですが、一月十七日に、片山さんたちと、大洗鹿島線の車内で、ケンカになった相手は、この男で間違いないですよね？」

十津川が、きくと、片山は、小さくうなずいて、

「たしかに、この男です。実は、あの事件について、こちらにも、いいたいことがあるんです」

「どういうことでしょうか？　詳しく話してもらえませんか？」

十津川が、促した。

「あの時、われわれの仲間四人が、酔っ払っていて、車内で、騒ぎを起こしたので、この写真の男が、私たちの振る舞いを諫《いさ》めて、一躍英雄になった。そんなふうにいわれましたし、新聞にも、書かれましたがね、しかし、本当は、ちょっと、違うんですよ」

「違うって、いったい何が、どう、違うんですか？」

「あの時、たしかに、私たち四人のうちの、二人は、かなり、酔っ払っていましたよ。それは間違いありません。しかし、ほかの乗客に絡《から》んだりとか、イタズラをしたりして、何か迷惑をかけたとかいうわけではないんです。たしかに、ワーワー騒いでは、いましたけど、顰蹙《ひんしゅく》を買うようなことは、何ひとつやっていないんですよ」

「それなら、どうしてケンカになったのですか？」

「この男が、こっちを、じっと見ていたんですよ」

「この男が、あなたたちのことを、じっと見ていたんですか？」

「ええ、そうなんです。もっと、正確にいえば、会長の五十嵐さんのことを、じっと見ていたんですよ」

「それは、あなた方四人が、酔っ払って、車内で、大騒ぎしていたので、困った乗客だなと思いながら、この男が、見ていたんではありませんか？」

「いや、それは、絶対に、違いますね。最初から、あの男は、五十嵐会長を、じっと見つめていたのです。私たち四人を、見ていたんじゃありません。間違いなく、五十嵐会長のことを見ていたんです」

「それで？」

「それに、この写真で、見る限りでは、穏やかな目をしていますが、あの時は、強い鋭い目で、見ていましたよ。ひょっとすると、こいつは、会長に、絡んでくるのではないかと、そんなふうに、思ったくらいですから」

「五十嵐会長ですが、自分が、この男に見つめられていることを、ご存じでしたか？」

「ええ、気には、していましたよ。私に向かって、あそこに、変な男がいるなといっていましたから。でも、会長は、少し、酔っていましたので、すぐに、忘れてしまったみたいでしたね。そのあとでケンカになってしまったのです」

「今、片山さんのお話を、聞いていると、この写真の男、松平優という名前なのですが、この男が五十嵐会長をじっと睨《にら》んでいたので、それがケンカの本当の原因になったように、聞こえます。それで、間違いありませんか？」

「ケンカの原因の全部じゃありませんが、そのことも、少しは関係があったと思うのです。とにかく、そのことを、刑事さんにも、知っておいてもらいたいと、思ったものですから、今、お話ししたのです」

「それで、五十嵐会長は、まだ、見つからないのですか？」

「見つかっていません。ひょっとすると、その写真の男が、知っているのではありませんか？」

十津川は、片山に、

「五十嵐会長ですが、以前から、この松平優のことを、知っていたと思いますか？」

と、きいてみた。

「会長本人に、確認したわけではありませんが、おそらく、知らなかったと、思いますよ。私は、常に会長のそばにいますが、写真の男を見たのは、あの列車の中が、初めてですから」

「しかし、松平優のほうは、五十嵐会長をじっと、見つめていたんでしょう？」

「ええ、間違いなく、じっと、見つめていましたね。ですから、向こうは、前から、会長のことを知っていたのかも、しれません」

結局、水戸での収穫は、片山会長代理の証言だけだった。問題は、その言葉が信じられるかどうかである。

亀井刑事は、片山の言葉に、懐疑的だった。

「警部、あの片山という会長代理は、ウソをついていますよ。自分たちに、都合がいいように、ケンカの発端が、自分たちではなく、松平優のほうにあるというように、いっていますからね。あれは絶対にウソですよ」

「しかしね、カメさん、私には、あの片山という男が、全てウソをいっているとは、思えないんだ」

「警部は、松平優が、現在、行方不明になっている五十嵐会長を、じっと見つめていたという、あの言葉を信用されるんですか？」

「ひょっとするとね、松平優という男には、何か、われわれの知らない秘密が、あるような気がして仕方がないんだ。片山会長代理の証言も、それに、つながっていると思っている」

「それを、証明することは難しいでしょう？」

「そうなんだよ。だから、カメさん、明日にでも、松平優が育った伊勢に行ってみようじゃないか？」

と、十津川が、いった。

2

翌日、十津川と亀井の二人は、伊勢に向かった。

松平優が話したところによれば、自分が生まれ育った家は、伊勢路から熊野古道《くまのこどう》に入ったところにあり、子供の頃は、毎日のように熊野古道を、走り回っていたという。毎年元旦《がんたん》には、父に連れられて、伊勢神宮に参拝したとも、いっている。

そこで、二人は、まず、伊勢神宮に、行ってみることにしたのだが、平成二十五年の式年遷宮《しきねんせんぐう》に向かって、伊勢神宮全体が、動いているような感じだった。

伊勢神宮は、二十年ごとに新しく建て替えられるのである。遷宮のための敷地も、すでに、用意されている。

それを見ながら、十津川が、亀井に、いった。

「昔から、伊勢の遷宮が、時代を変えるといわれているんだ。二十年ごとに、内宮《ないくう》の本殿が東と西に交互に遷《かわ》るんだが、内宮が東にある時代は、世の中が平和な時で、西にある時には、戦争があったり、地震があったりと、いろいろなことが起きる。昔からそんなふうにいわれている」

「それで今、本殿は、西と東の、どっちにあるんですか？」

「今は東にある。平成二十五年に、遷宮が実施されると、それから二十年間、本殿は、西に移るんだ」

「ということは、今は平和な時代ということですか？」

「ああ、そういうことだね。それについて調べた人がいるんだが、その人によると、黒船が来たり、戊辰戦争《ぼしんせんそう》が起きたりした時、本殿は西にあった。東に移ると、明治維新が成就して、文明開化の時代になった。次に、本殿は西に移った。その時は、日清は、日清戦争と、日露戦争が続いた。次は戦争も終わって、大正時代の平和な時代に、なった。その時この時、本殿は東にあった。昭和四年になると、世界恐慌が起きたり、第二次世界大戦が勃発《ぼっぱつ》したりした。この時は、本殿は、西にあったが、太平洋戦争が終わって昭和二十八年になると、本殿は東に移って、日本が、右肩上がりの経済成長を、遂げるようになった。それが二十年続いて、昭和四十八年になると、本殿は西に移った。途端に、オイルショック、湾岸戦争が起こり、世界大戦の、危機まであった。そして今は、東にある」

「それでは、平成二十五年からは、少しばかり、やかましい世の中に、なるということでしょうか？」

「いや、それは、どうなのかな？　伊勢神宮の遷宮が、時代を変えるといったのは、世の中が、何とかして良くなってほしいという人々の切なる願いからだろうから、もしかすると、今よりももっと、いい世の中になってくれるかも、しれないよ」

と、十津川が、いった。

このあと、二人は、JR紀勢《きせい》本線で、梅ヶ谷《うめがだに》駅まで行き、そこから歩いて、二時間ほどのところにある、小さな集落を訪ねてみることにした。松平優が、そこで、生まれ育ったといっていたからである。

この村は、昔は、伊勢と紀伊との国境といわれていた場所にある。駅から国道四十二号線を南下すれば、尾鷲《おわせ》湾に出るのだが、二人は、国道のほうには行かず、旧道に入った。

今は、国道四十二号線のほうを、利用する人が多いが、江戸時代以前は、ツヅラト峠を越える旧道が利用されていて、熊野古道のひとつになっている。

昭和の初め頃までは、この道を、行商の人たちが、魚を担《かつ》いで、通っていったといわれている。深いヒノキの木立の中に、細い道が通っている。かなり勾配《こうばい》が、きつい。

二人は、その道を、ツヅラト峠に向かって登っていった。

ほどなく、標高三百五十七メートルのツヅラト峠に着いた。ここが、昔は、伊勢と紀伊の境だった。

峠には「旧熊野街道　ツヅラト峠」と書かれた道標が立っている。

二人は、峠でひと休みした。

標高は三百五十七メートルと、決して高くはないのだが、見晴らしがいい。山並みが続き、その向こうに、熊野灘《くまのなだ》が見えた。

三十分ほど休んでから、二人が、曲がりくねった下り坂を降りていくと、三叉路《さんさろ》にぶつかった。

松平優が、子供の時に遊んでいたという道は、この辺りだろうか？

まっすぐに峠道を降りていくと、熊野灘に出るのだが、二人は、左に折れて山に入っていった。

また勾配の急な上り坂になった。段々に石が積み重ねてある、石畳の道である。

木立が深くなり、周囲が、次第に薄暗くなってくる。

その上り坂をしばらく歩いていくと、急に前方の視界が開けて、谷間《たにあい》に小さな集落が見えてきた。

集落の入り口には、石の地蔵が三体、並んでいた。それが、案内板になっているのか。

「間違いなく、ここだ。ここが、松平優の生まれ育った村だよ」

十津川が、いった。

緩《ゆる》い斜面に、昔懐かしい棚田《たなだ》が、開けているが、そのうちの三分の一くらいは、今はもう、使われていないのか、雑草に覆われていた。

村の中央の辺りに、古びた神社があるのが見えた。スギの巨木に覆われた、歴史を感じさせる神社である。

その神社を中心にして、家が点在しているが、全部数えても三十軒しか見当たらない。神社の前を小川が流れている。か細い川だが、松平の話では彼が小学生の時、川が氾濫《はんらん》して、何軒かの家が流されたという。

辺りはひっそりとしていて、人の気配もないが、二人が、大鳥《おおとり》神社と書いてある、その神社の社務所に行って、声をかけると、六十歳くらいの宮司《ぐうじ》らしき男が顔を出した。

「この村に住んでいた松平慎太郎と、優という親子の家を、探しているのですが、ご存じありませんか？」

十津川がいうと宮司は、

「ええ、松平親子なら、たしかに、この村の人間ですよ。近くですから、ご案内しましょう」

宮司が案内してくれたのは、この村でもいちばん大きな家だった。古びてはいるが、きれいに掃除が、行き届き、庭も掃き清められている。

「きれいになっていますね」

十津川が、感心して、いうと、

「先生が帰ってきたら、またここに、住んでもらうので、村人みんなで毎日、掃除をしているんですよ」

と、宮司が、いった。

「松平慎太郎さんは、たしか、三年前に、鹿島神宮に、出かけたのではありませんか？」

「私も、そのように、聞いています。その後、慎太郎先生からは、何の便りもないのですが、あの先生のことだから、ある日、ひょっこり帰ってくるんじゃないかと、そう思いましてね。それで、今でも、家をきちんとしているんですよ」

「松平さんは、ここで、剣術を教えていたんですか？」

家の中に入りながら、十津川が、宮司にきいた。

道場のほうも、きれいに掃除が行き届いていた。

「先生の名前を慕って、県内はもちろん、県外からも弟子入りを志願してくる方が、おられましてね。三年前には、お弟子が、いつも五、六人は、道場に、寝泊まりしていたんじゃないですかね？　その人たちが、長く滞在してくれると、村人の数も多くなっていいと、村長も、喜んでいたんですよ。ですから、一日も早く、先生に、帰ってきてもらいたいと思っているのです」

道場で宮司と話をしていると、話し声が聞こえたのか、村人が集まってきた。どうやら、道場主が、帰ってきたと、思ったらしい。

その人たちが、十津川と亀井に、お茶と、この土地で作られたという、葛餅《くずもち》を出してくれた。

集まった村人たちは、十津川と亀井が東京の刑事だと知ると、

「東京で、松平の若先生が、警察に捕まったと聞いたのだが、それは、本当の話かね？　若先生は、警察に捕まるようなことを、何かやったのかね？」

と、一人が、きいた。

「松平優が、逮捕されたのは本当ですよ。殺人容疑です」

十津川が、正直にいうと、

「あの若先生が、そんなことを、するはずがない」

「何かの間違いに、違いない」

村人たちは驚き、口々に、声を上げ始めた。

「皆さんにとっては、残念なことかもしれませんが、これは事実です。それで、私たち二人は、捜査の一環として東京からこちらに来たんです。皆さんに、おききしたいのですが、松平親子というのは、どういう人たちで、こちらでどんな生活をしていたのか、教えてくれませんか？」

十津川は、村人たちの顔を、見回した。

集まったのは、老人ばかりだと、思っていたが、後ろのほうに、二十代の若者が、三人、混ざっているのに気がついた。

三人とも、東京の人間で、日本に残っている棚田を、研究している学生だということだった。彼らは、先月からこの村に泊まり込んで、崩れかけている棚田を、復旧させるのだという。

「それはもう、大先生《おおせんせい》も若先生も、二人とも素晴らしい人ですよ」

村人の一人が、いう。

「家族は、あの親子二人だけだったんですか？　慎太郎さんの奥さんは、いなかったのですか？」

亀井が、何気なくきくと、急に、村人たちは、口を閉ざしてしまった。

その様子を見て、

(何かあるな)

と、十津川は、思った。

現在、留置している松平優も、母親のことについては、何ひとつ、しゃべろうとはしていなかったからである。

「何か、事情があるなら、ぜひ話していただけませんか？」

十津川は、宮司の顔を見、それから、村人たちの顔を見た。

村人たちは、探るような目で、黙ってお互いの顔を見合わせていたが、間を置いてから、村人たちを、代表するような形で、宮司が、

「お二人は、警察の方だから、お話ししても構わないでしょう。それに、調べれば、分かることですしね。実は、不幸なことがありましてね」

「不幸なこと？　何か、事故でもあったのですか？」

十津川が、きくと、宮司の横から顔を出した老人が、

「ええ、実は、ちょっとした事故がありましてね」

と、いった。この老人は、この村の村長だという。

「できれば、詳しく話していただけませんか？」

「大先生が、鹿島神宮に出かける前に、事故があったんですよ」

「どんな事故だったのか教えてください」

「十月頃でしたかね。東京から、二人の男が弟子にしてくれといって、やって来たんです。剣の腕のほうは、大したことがなかったそうですが、大先生は、優しい人だから、二人をしばらく、道場に置いてあげることに、したのです。その二人が来て三日目か四日目だったと思うのですが、大先生と若先生は、用事があって、伊勢神宮まで出かけたら、その間に、二人の男は、松平家に代々伝わっている、伊勢村正の名刀を盗もうとしたんです。最初から、それが、狙《ねら》いだったんでしょうね。ところが、留守番をしていた奥さんの裕子《ゆうこ》さんが、必死になって、それを守ろうとした。男たちと争っているうちに、村長さんが、騒ぎに気がついて、道場に入っていったのです。そうしたら、奥さんが、倒れていて、すでに、亡くなっていました。幸い、伊勢村正は盗まれていませんでしたけど、問題の男二人は、どこかに、逃げてしまったあとでした」

「それでは、殺人ですか？」

「いや、警察が、捜査をしたのですが、結局、殺人事件には、なりませんでした」

「どうしてですか？」

「奥さんには、前々から心臓の持病がありましてね。家宝の伊勢村正を取られまいとして、二人の男と争っているうちに、心臓の発作を起こして、それで死亡した。だから、殺人ではないと、警察は、判断したんですよ。三重県警では、何とかして殺人容疑で捜査をしようとしたらしいのですが、結局のところ、窃盗未遂にしか、ならなかったそうですよ。警察のほうも、捜査に、力が入らなくなってしまって、逃げた二人は東京の人間らしいということは、分かっていましたけど、名前も二人とも、偽名だったこともあって、いまだに犯人の目星《めぼし》さえ、ついていないんですよ」

村長が、悔しそうな顔で、いった。

「その事件があったのは、今から四年前ですね？」

十津川が、確かめるように、念を押すと、村長が、

「ええ、そうですよ。正確には、三年半前です」

窃盗事件、それも未遂だとすると、三重県警は、もう、捜査を止めてしまっているかもしれない。

十津川と亀井は、帰りに県警本部に寄ることにした。

この事件を担当した安田《やすだ》という刑事に会って、話を聞いた。

安田は、十津川の話を聞くと、いかにも、無念そうな顔で、

「村人たちから事情を聞いて、われわれとしては、何とか、殺人容疑での捜査をしたかったんですけどね、結局、ダメでした。殺人事件だと断定するだけの根拠が、得られなかったんです」

「それで、今までに、何か分かったんですか？」

「一応、逃げた二人の男について、指紋を採ったりして、それを警察庁に送って照会したんですが、犯罪人名簿には、該当する指紋はありませんでした」

「捜査が進展していないことについて、松平親子から、何か文句とか、抗議のようなものは来ませんでしたか？」

「それがですね、不思議なことに、何の文句も抗議も、なかったんですよ。普通でしたら、犯人と、もみ合った奥さんが、亡くなっているんだから、これは、殺人事件じゃないのかというクレームが来そうなものですが、あの親子に関しては、全く、何もいってきませんでしたね。どうやら、自分たちで、事件を解決しよう、敵討《かたきう》ちをしようとしているんじゃないでしょうかね？　われわれ警察に、頼らずに、自分たちの手

で犯人を、捕まえようとしているんじゃないかと、私は、そんなふうに、思いましたよ」

「それは、松平慎太郎という父親が、現在、行方不明になっているからでしょうか？」

「それも、あります。東京に、犯人を探しに行ったんじゃないかと、そんなふうにも考えてみましたが、行方不明になってしまっているので、心配しているんです」

安田は、そのあと、

「それから、東京で、息子の松平優が、殺人容疑で、逮捕されたと聞いたのですが、本当に、彼が、人を殺したのですか？」

「ええ、本当です。少なくとも、三人の男女を斬り殺しています」

「松平優は、いったい、どうして、そんなことを、したんですかね？　四年前の、事件の捜査をした時、事情を聞くために、あの親子に、何度も会っているんですよ。二人とも、剣の達人だと、聞いたのですが、普段はとても物静かな親子で、殺人なんかするような人間には、とても、思えませんでしたけどね」

「そうなんですよ。ですから、その理由を調べているのですが」

とだけ、十津川は、いった。

そのあと、十津川は、

「もうひとつ、私が気になっているのは、奥さんが事件に巻き込まれて死んだ翌年、今から三年前ですが、松平慎太郎さんが元旦に鹿島神宮に招待されて、問題の刀、伊勢村正を持って、出かけていることなんです。その件について、何か、分かっていることはありませんか？」

「その件ですが、こちらでも、いろいろと、調べてみたんですよ。そうしたら、鹿島神宮では、まだ、こちらに来ていないといわれましてね。その時、私が気になったのは、松平慎太郎さんが、鹿島新当流の達人なので招待したが、その時、伊勢村正を持ってくるようにとは、お願いしなかったと、鹿島神宮のほうではいっているんですよ。ですから、松平慎太郎先生が、勝手に、伊勢村正を持っていったとしか思えないのです。そのことも、今になってみると、気になりましてね。何しろ、あの刀は、二人の泥棒が、盗もうとしていたほどの名刀でしたから」

安田刑事が、いった。

「つまり、松平慎太郎さんが、家宝の伊勢村正を、持っていき、それで、奥さんを殺した犯人二人に、近づこうとしたのではないか？　安田さんは、そう考えているわけですか？」

「そう、考えてみたのですが、肝心の松平慎太郎さんが、行方不明になってしまっていますからね。松平さんの行動を、どう、解釈したらいいのか分からず、悩んでいます」

安田刑事が、小さく、ため息をついた。

「問題の二人の男ですが、身元は、全く、分からないんですか？」

「残念ながら、分かりませんでした。あの道場に、三、四日いましたから、村人にも顔を見られています。似顔絵は、作りました」

安田刑事は、三年半前に作ったという、二人の男の似顔絵を、見せてくれた。十津川は、それを見ながら、

「この似顔絵を、作るにあたって、もちろん、父親の松平慎太郎さんと、息子の優さんも県警に、協力しているはずですね。何しろ、親子とも三、四日、この二人と、ずっと、顔を合わせていたわけですからね。その点は、どうですか？」

「それがですね、あまり協力的ではありませんでしたね。村人たちは全員、一生懸命協力してくれましたけど、どういうわけなのか、あの親子だけは、よく覚えていないといって、いくら頼んでも、この似顔絵作りには、力を貸してくれなかったんですよ。自分の奥さんが死んだ、いや、もしかすると、殺されたかも、しれないというのにで

す」

「それじゃあ、この似顔絵は、あまり似ていないということですか？」

「そうですね、あれから三年半経《た》った今になっても、犯人の二人が見つかっていませんから、もしかすると、似ていないのかもしれませんね。今もいったように、村人たちは全員、協力してくれましたけど、この男二人と一緒に、あの道場に、寝泊まりしていたわけじゃありませんからね」

安田は、残念そうに、いった。

十津川と亀井は、安田に礼をいうと、少しばかりシミのできている、その二人の男の似顔絵をもらって、東京に戻った。

3

捜査本部に戻ると、十津川はすぐ、松平優を、取調室に呼んだ。

「君の郷里の村に行ってきたよ。向こうで、君のお母さんのことを、聞いてきた」

十津川が、まず、いったが、松平優は、黙っている。

「四年前、正確には、三年半前に、弟子になりたいといって、二人の男が、東京から、お父さんの道場にやって来たんだそうだね？　そして、君とお父さんの慎太郎さんが伊勢神宮に行って留守の時に、彼らは、家宝の名刀、伊勢村正を盗もうとした。盗まれまいとして、二人の男と争った君のお母さんは、その時、持病の心臓発作を起こして、亡くなってしまった。二人の男は逃げたが、殺人容疑にはならず、窃盗未遂の事件にしかならなかった。そうだね？」

十津川が、松平の顔を見たが、それでもまだ、松平は、黙っていた。

そんな松平には、構わずに、十津川は、続けて、

「その事件が起きたのは、四年前の十月五日だ。そして、その次の年の正月元旦、お父さんの慎太郎さんは鹿島神宮に呼ばれて、問題の刀を持って出かけていった。鹿島神宮の話では、君のお父さんが、鹿島新当流の達人ということで、新年の模範試合に、招待したといっている。しかし、家宝の伊勢村正を持ってくるようにとはいっていないといっているんだ。それなのに、お父さんは、刀を持って出かけている。二人の男が盗もうとした、伊勢村正を、持ってだよ。これは、いったい、どういうわけなのかな？　よく考えると、君のお父さんは、その刀を使って、二人の犯人を見つけ出して、お母さんの敵《かたき》を討とうと考えていたんじゃないのか？　私には、そう思えてならないんだ。ところが、そのお父さんが、突然、行方不明に、なってしまった。今度は、君

が、行方不明のお父さんを探すために上京した。しかし、お父さんが、行方不明になったことの背景には、前年の十月五日に起きた窃盗未遂事件、そして、お母さんの死と、関係があることは、君には、分かっていた。だから、君は、お父さんを、探しに上京したというよりも、母親を死なせた犯人を探すということのほうが、むしろ、大きな目的だったんじゃないのか？」

十津川は、三重県警の安田からもらってきた、二人の男の似顔絵を取り出して、

「そこで、問題の犯人二人だが、ここに、三重県警が作った、似顔絵がある」

と、いった。

「県警では、君も、お父さんも、この似顔絵作りには、なぜか、非協力的だったといっている。だから、問題の男たちを、あまり見ていない村人たちの証言に基づいて作った似顔絵で、犯人には、似ていないのではないかと、私は思っている。君も君のお父さんも、おそらく、同じように、思っていたはずだ。私が考えるに、君とお父さんは、自分たちの手で、この犯人二人を見つけ出して、亡くなったお母さんの敵を、討つつもりだったんじゃないのか？　もし、警察が、二人を逮捕しても、殺人容疑には、ならない。窃盗容疑、それも、単なる窃盗未遂だからね。ほんの軽い罪だよ。だから、君もお父さんも、犯人の似顔絵作りには、一切協力しなかったんだ。違うかね？　そ

してまず、お父さんが、犯人を探しに、出かけていった。君のお父さんは鹿島新当流の達人だ。だから、君は安心していた。君もお父さんも、二人の犯人とは、三、四日一緒にいた。だから、道場に泊まらせて、食事をするのも寝るのも、一緒だったから、二人の男の特徴は、よく覚えているはずだ。だから、君は、お父さんが母親の敵を討って帰ってくるだろうと期待して待っていたが、お父さんは、行方不明になってしまった。そこで君は、今もいったように、お父さんを、探すのと、母親の敵を討つのとの、二つの目的を持って、上京した。私は、こう考えているのだが、ここまでは間違っていないんじゃないのかね？　どうなんだ？」

しかし、依然として、松平は口を閉ざしたまま、黙っていた。

4

亀井刑事が、写真を持って、取調室に入ってきた。

三人の男の写真である。それを松平優の前に並べた。

水戸の郷土史家で、鹿島臨海鉄道の車内で、松平優と、ケンカになったといわれている六十五歳の五十嵐秀之、上野の寛永寺で松平優に斬り殺された、国立歴史館の元館長で、江戸歴史研究会というアマチュアグループのリーダーを務めていた梅木清一郎、去年の夏、ホームレスに多摩川の河原で斬られたというT大准教授の野村功、この三人の顔写真である。

十津川は、その写真を前に置いて、松平にいった。

「君は上野で、梅木のほかに二人の男女を殺しているが、この二人は、どうやら巻き添えを食って、殺されたような気がする。君が、自らの意志を持って、殺したのは、この写真の三人じゃないのかね？　多摩川の河原で、この野村というT大准教授を殺したホームレスというのも、実は君だろうと、私は思っている。それに、水戸の郷土史家の五十嵐秀之は、現在、行方不明に、なっているが、私は、君が殺して、死体を隠したと思っている。この三人の写真をよく見て、答えてもらいたい。三人とも、君が殺したんだね？」

だが、その質問にも、松平は、黙ったままで何も答えようとしない。

十津川は、さらに続けて、

「君は三年前、行方不明の、お父さんを探すために、東京にやって来た。今日までの三年の間に、お母さんを死なせた相手を、見つけたんじゃないのかね？　問題の二人の男には、仲間がいた。その連中を探して、君は、一人ずつ殺していった。それが、この、三人じゃないのかね？　上野では、刀で斬りつけたが、全てこの三人は、母親を死に追いやった犯人とその仲間じゃないのか？　この三人は、どこかで、君のお父さんも、殺しているんじゃないのか？　そうだとすれば、君は、両親の敵を討ったことになるわけだ」

しかし、それでも、依然として、松平には、口を開く気配はなかった。

「では、少しの間、君を一人にしておくから、ゆっくりと考えたまえ」

そういって、十津川と亀井は、取調室を出た。

十津川は、若い刑事を呼ぶと、

「取調室に、お茶かコーヒーを持っていってやってくれ」

と、いってから、亀井と、新しい空気を吸うように、捜査本部の外に出た。

「われわれの考えは、当たっていると思いますよ」

歩きながら、亀井が、いった。

「その点は、私にも、自信がある。松平が、今までに殺した相手は、たぶん、母親と父親の敵なんだ。間違いない」

「どうして、松平は、認めようとしないのですかね？　警部がいろいろと話しかけても、なぜ、ずっと、黙ったままでいるんでしょうか？」

「それは、私にも分からないよ。多摩川の河原の件と、水戸の郷土史家の件は、まだ、松平が、殺したとは断定できないが、上野では、間違いなく、三人の男女を、斬り殺しているんだ。それだけでも、裁判になれば、死刑の判決の可能性大だ。その覚悟はしていると思うのに、なぜ、彼が、ここまで来ても、それを認めようとしないのか、そこが私には不可解なんだ」

「ひょっとすると、松平には、まだ、殺したいと思っている人間が、いるんじゃないですかね？　だから、黙っているんじゃないですか？」

「カメさん、それはないと、思うよ。松平は、すでに逮捕されて、身柄を拘束されているし、上野での三人の殺しだけでも、今もいったように死刑になってもおかしくない。彼が、どう頑張ってみたところで、これ以上の殺人はできるはずはないんだ」

「そうですが、ほかには、どんな理由が考えられますか？」

「そうだな、自分が、自供すると、誰かに迷惑がかかる。そんなこともあるんじゃないだろうか？」

「松平優の敵討ちに力を貸している人間がいて、その人間に、迷惑がかかるからということですか？」

「ああ、そうだ。ほかには考えようがないからね。松平優に同情して、犯人探しを、手伝った人間がいるんじゃないだろうか？　もし、松平が殺人について自供すると、その人間に迷惑がかかってしまう。それで、黙秘しているんじゃないか」

「松平を、助けたということになると、まず、考えられるのは、田中陽造という道場主と、その田中道場で一緒だった横井哲の二人ですね」

「その横井哲だが、水戸で、殺人事件に巻き込まれているじゃないか。横井が水戸に持っていった木刀を使って、何者かが、衆議院議員の補欠選挙の立候補者の一人、佐々木誠を撲殺《ぼくさつ》している。この事件は、君も覚えているはずだ」

しゃべりながら、十津川の目が、光る。

「ひょっとすると、あの事件も、今回の一連の事件の中に、入っているんじゃないだろうか？」

「そのことは、全く、考えませんでした」

亀井の声が、少しばかり大きくなった。

十津川も正直にいえば、水戸の事件は、松平優の一連の事件とは、全く関係がないものだと、思っていたのである。それに、水戸の事件は、向こうの、茨城県警の管轄でもある。

「水戸の殺人事件が、松平優の犯行だとすると、どういうことになってきますか？」

足を止めて、亀井が、きいた。

「向こうで殺された佐々木誠も、松平優が探していた敵の一人ということに、なってくる。田中道場で松平を尊敬していた横井哲がそのことを知っていて、事件の日に、水戸に行き、候補者同士の争いに乗じて、自分の持っていた木刀を、その場で松平優に渡した。横井哲には、動機がない。しかしそのことを、松平優が、警察にしゃべってしまえば、当然、横井哲に、殺人の共犯者の疑いが生まれてしまう。だから、松平優は、黙秘を続けているんだ。もし、多摩川の河原での准教授殺しや、水戸の郷土史家殺しに関してしゃべってしまうと、水戸の事件にまで、疑いが行く。そうなれば、横井哲を、巻き込んでしまう。松平優は、そう思って、ひたすら黙っているんじゃないかな？」

「なるほど、その線が強いようですね」

亀井が、肯《うなず》いた。

5

二人は、捜査本部に戻ったが、すぐには、取調室で、松平優の尋問を再開しなかった。

二人が、歩きながら考えたことは、今のところ、単なる、推理でしかない。だから、松平優に、否定されてしまえば、それ以上、攻めることができない。そこで、十津川は横井哲に会って、話を聞くことにした。

池袋警察署に、電話をかけて、横井哲に、こちらに来てもらうことにした。

一時間後、やって来た横井に会っても、十津川は、すぐには、自分たちの推理を話そうとはしなかった。

まず、横井に、コーヒーを勧め、自分たちも飲んだあと、

「松平優の故郷の熊野に行ってきた」

と、十津川が、いった。自然に口調も優しくなる。

「そうですか。以前、彼に、聞いたことがあるんですが、彼の生まれ育った家の近くには、熊野古道が通っていて、その石畳の道を、松平は、子供の頃、毎日のように走り回って遊んでいたと話していましたが、やはり、熊野古道の近くでしたか？」

横井が、無警戒な感じで、相槌《あいづち》を打つ。

「小さな集落で、たしかに、近くに、熊野古道が走っていてね。今、盛んにいわれている美しい棚田も、ありましたよ。小さな村だが、立派な神社があって、その村の中

に、松平優と、父親の松平慎太郎の二人がやっていた道場が、あった。村の人たちは、二人のことを大先生とか、若先生とか呼んで、慕っていたよ。二人は人望が厚くて、三重県内だけではなく、ほかの府県からも道場に入門したいという人たちが、時々やって来ていたりもしていたそうだ。多い時には、そういう人たちが五、六人も、道場に寝泊まりしていたらしいね」

「そうですか。たしかに、松平親子は、鹿島新当流の達人ですからね」

「そうなんだ。村人たちも、みんな、松平優のことを、心配していてね。あの若先生が、人を三人も殺したなんて、どうしても信じられない。そういっているよ」

「そうでしょうね。私だって今も信じられません」

「もうひとつ、私が知りたかったのは、松平優という男が、いったい、どんな少年時代を送っていたのかと、いうことなんだよ。それから、彼の父親であり、剣の師でもあった松平慎太郎というのは、いったい、どういう人だったのか？　そういうことも、知りたくて、この亀井刑事と一緒に行ってきた。向こうで、最初に聞いたのは、松平優の母親が、いったい、どんな母親だったのかということだった。松平優は、父親のことは話しても、なぜか、母親のことは、話したがらなかったからね。君は、どうかな？　松平から、彼の母親のことを、何か聞いたことがあるかね？」

「いや、私も、ほとんど聞いていませんね。そういえば、たしか、彼は、普段から母親のことを、話さなかったですね。彼から、母親のことを、聞いたという記憶が、全くありませんから」

「最初は、なぜか、村の人たちも、松平の母親の裕子さんのことについては、話したがらなかった。何とか教えてくれと、食い下がっているうちに、やっと話してくれたよ。父親の松平慎太郎が上京したのは三年前、そして、行方不明になり、今度は、松平優が父親を探すために上京した。実は、四年前の十月に、松平の母親は死んでいるのが分かった。何でも、東京から来たという男二人が、弟子にしてほしいといってきたので、道場に泊めてやっていたところ、松平優と父親の慎太郎が、伊勢神宮に用事があって出かけている間に、家宝である名刀の伊勢村正を盗んで、逃げようとしたらしい。二人の男は最初から、それを盗むことが、目的で弟子入りしたが、それを裕子さんが盗《と》られまいとして、必死に抵抗した。三人が争って揉《も》み合った。その時に裕子さんは、もともと心臓に、持病があったので、心臓発作を起こして亡くなってしまったのだよ。何か争っているようなので、村長が駆けつけてきた。それで、二人の男は、目的の伊勢村正を盗めずに逃げてしまった。そういう話をしてくれたんだよ。この話、君は知っていたかい？」

「いや、全く知りませんでした。今、初めて聞きました。さっきもいったように、松平は、母親のことは、何も話してくれませんでしたから」

「事件の流れを見ていくと、これは形としては、明らかに、殺人なんだよ。しかし、松平優の母親は、もともと、心臓に持病を抱えていて、心臓発作を、起こして亡くなったので、二人の男の容疑は、殺人ではなく、単なる窃盗未遂ということに、なってしまった。三重県警では、何とかして、この逃げた二人の男を、捕まえようとして、似顔絵を作ったが、県警の話では、なぜか、肝心の松平親子が、容疑者の似顔絵作りに、非協力的だったというんだ。いちばん身近にいて、二人の男を見ていたはずの、松平親子が協力しようとしないので、県警では仕方なく、村人たちの証言を基にして、作ったそうだ。しかし、村人たちは、この二人と、それほど接触していなかったからね。県警は、一応、似顔絵を作ったが、あまり自信がなかった。そういっている」

「ひとつ、お聞きしていいですか？」

横井が、いった。

「構わないが、どんなことだ？」

「十津川さんは、どうして、私に、そういう話をするんですか？　私は、松平の母親が、そんな事件に、巻き込まれて、死んだことは聞いていませんし、泥棒の話も聞いていませんから、十津川さんから話を、聞いても、どうしようもありませんが」

「私は、君に、話を聞いてもらいたいんだよ。松平親子は、自分たちの力で、その泥棒二人を捕まえて、死んだ母親、奥さんの敵を、討とうと考えていたように思えるんだ。翌年の正月に、鹿島神宮から、呼ばれた松平慎太郎さんは、泥棒が盗もうとした家宝の伊勢村正をわざわざ持って、上京している。その刀を餌《えさ》にして、何とか、犯人を捕まえようとしていたとしか、私には思えないんだよ。その松平慎太郎さんが、行方不明になってしまった。そこで、松平優が、父親を探すために上京した。松平優は、母親を、死に追いやった男二人の顔を、よく見て覚えていたと思うんだ。そして、その二人を見つけ出したのではないか？　二人だけではなくて、たぶん、共犯者がいて、その共犯者も、見つけ出したのではないか？　私は、そう考えているんだよ。その犯人たちを、松平優は、一人ずつ殺していったのだと思っている」

「そういう見方を聞くのは、初めてです。それが、殺人の動機だったのなら、彼が、まるで、人が違ったようになって、上野で、三人もの人間を、斬ったことも理解できます」

「上野で、三人の男女を斬ったこともそうだが、去年の夏、多摩川の河原でＴ大学の准教授を殺したホームレスも、われわれは、松平優だと、思っているし、水戸で行方不明になっている五十嵐秀之という郷土史家も、松平優が、殺したと思っている。それと、もう一人、実は、この一連の殺人事件に加えて、松平優が、殺したのではないかと思われる人間が、いるんだよ」

十津川が、いうと、横井哲は、なぜかエッという顔になった。その表情を見て、十津川は、

(何か知っているな)

と、思った。

だが、同時に、

(この横井哲という警察官に、本当のことをしゃべらせるのは、かなり、難しいだろう)

とも思った。

「実は、君が関係した、水戸市での事件なんだがね」

十津川が、いうと、横井は、

「あれについては、私は、本当に、何の関係もないんですよ。あの補欠選挙の候補者同士の争いに、巻き込まれてしまっただけですから」

「つまり、あの事件は、衆議院議員の補欠選挙の候補者が、二人いて、激しい応援合

戦をしていた時、その一人、佐々木誠という候補者が、君の持っていた木刀で、撲殺されてしまった。そういう事件だったね？　それについて、君は、全く、関係がないという。今でも、関係がないと思っているのかな？」

十津川が、きくと、横井は、またエッという顔になった。おそらく、十津川のきき方に、びっくりしたのだろう。

「もちろん、私は、殺された佐々木誠という人間とは、面識もありませんし、相手の候補者の人間のことも、知りません。第一、水戸で、衆議院議員の補欠選挙があることも、全く知らなかったんですから。あの日、たまたま、水戸に行ったら、偶然、選挙の応援合戦に巻き込まれてしまっただけのことで、正直いって、迷惑しているんです」

「殺された、佐々木誠という男なんだがね」

「はい」

「実は、佐々木という男は、松平優が探していた、母親の敵の一人だったかもしれないんだよ。このことについて考えたことはないかね？」

横井が、またエッという顔になった。

「本当に、母親の敵なんですか？」

「そんなことって、本当に、あるんですかね？　私は、全く考えませんでしたが」

「本当に、考えたことはないのかね？」

「もちろんですよ。何回でもいいますが、私は、松平優の母親が、そんな事件に巻き込まれて亡くなったなんて、今、十津川さんに教えられるまで、知りませんでしたし、それに、彼が、母親の敵を討っているなんてことも、全く、知りませんでしたからね」

「しかし、残念ながら、事実だろう」

と、十津川が、いった。

横井は、今度は、エッという顔にはならなかった。ただ、黙ってじっと考え込んでいるだけだった。

「可能性はある」

第五章　事件の再検討（前）

1

十津川は、黙ってしまった横井に向かって、容赦のない言葉を、浴びせかけた。

「もっと、ずばりと、いおうか。私は、水戸で起きた事件を、こう考えているんだよ。この事件は、君と、松平優が、協力して、引き起こしたのではないかということだ」

とたんに、横井が、眼を上げて、十津川を睨《にら》んだ。

しかし、大声で反発はせず、なぜか、妙に落ち着いた声で、

「なぜ、そう思われるんですか？」

「松平優の、今までの殺人について、冷静に考えてみた結果だよ」

十津川は続けた。

「水戸で殺された佐々木誠という男も、最初から、松平が、狙《ねら》っていたのではないかと考えたとき、何か細工をしてからの殺人ではないか。多摩川の河原でも、わざわざ、ホームレスになって、ホームレスのことを調べにやってきた野村という大学の先生を殺したはずだからね。水戸の場合も、あらかじめ、君としめし合わせて、選挙の応援合戦の最中に、君が、奉納する木刀を持って、水戸に行き、決めておいた場所に、その木刀を置いておく。松平は、何も持たずに水戸に行き、その木刀を使って、佐々木誠を撲殺した。もちろん、手袋をしてだから指紋はつかない。そのあと、その凶器は捨てておく。剣の名手の松平が、木刀を持って、東京から水戸まで行けば、目撃され、怪しまれるからね。いったん、君が疑われるが、君には、木刀を水戸へ持ってくるだけの理由があるから、最後には疑いは晴れる。二人で、そう読んでいたんじゃないか？」

「どうして、そんな途方もないことを、考えられたんですか？」

「実は、君のことを、調べたんですよ。君は、松平と知り合ったのは、田中道場でだという。松平もだ。つまり、最近ということだね。しかし、君のことを調べてみると、違っていた。君は、中学の頃から、剣道を習っていた。高校時代も。その高校の夏休みに、君は、熊野へ行っているね。学友にも、担任にも、熊野の神秘に触れたかったみたいにいっているようだが、本当は、熊野にあった松平道場に行っていたんだと思っているよ。当時の担任の教師に聞くと、夏休みのあと、君の剣道が、格段に上達していて、びっくりしたと、いっているからね。つまり、当時から、君と、松平優は、知り合いだった。友人だった。その後君は、刑事になり、松平優のほうは、母親が殺され、父親は行方不明になった。君が、松平を、助けても、別に不思議はない」

「証拠はないでしょう？」

「ない。しかし、私は、確信している」

十津川は、横井の顔を見た。

「困ったな」

横井が呟《つぶや》く。

「君は、刑事ですよ。松平に対して、友情を持っていても、刑事として行動してもらいたいんだよ」

「私にどうしろというんですか？」

「刑事として、行動してもらえればいい」

「私には、もう、何もできませんよ。いや、何もすることはありません。松平は、何人も殺していて、死刑になることは、間違いないですからね」

「だから、教えてもらいたいんだよ」

「水戸の事件で、私が、松平を助けて、佐々木誠という補選の候補者を殺させたということですか？　私は、そんな話、認めません。否定しますよ」

「私が、教えてもらいたいのは、そのことじゃない」

「他に、何があるんですか？」

「松平の不可解な行動についてだ」

と、十津川は、いった。

「しかし、彼は、何人も殺したことを、認めているんでしょう？」

「それが、私には不可解なんだよ」

「おっしゃることが、分かりませんが――」

「松平優が、起こした事件について、考えてみたんだが、水戸での佐々木誠、多摩川の河原で殺されたT大准教授の野村功の、二人について、松平は自分が殺したと認めていない。もう一人、五十嵐秀之は行方不明だが、この三人は、いずれも松平が殺したと思っている。なぜ、今になっても、自分が殺したと、自供しないのか。その理由は、多分、水戸の殺人事件のように、自供すると、誰かに迷惑をかけるからということだと思うんだ。また、この三つの殺しには、十分に、納得できる動機があると思う。母親の死が、関係しているか、名刀伊勢村正にからんでいるか、それが動機だと思っている」

十津川は、そこで、いったん、言葉を切ってから、改めて、横井を見つめた。

「最後に、松平は、上野寛永寺の境内で、三人の男女を殺している。しかも、殺したあと、現場に正座して、警察が来るのを待っていたんだよ」

「そのことは、知っています。いさぎよかったじゃありませんか。逃げかくれしないんだから」

と、横井が、いう。

十津川は、微笑した。

「私も、最初は、そう思った。侍《さむらい》らしく逃げも、かくれもしないのだと」

「違うんですか？」

「この時、最初に斬り殺したのは、元国立歴史館の館長で江戸歴史研究会の梅木清一郎だ。われわれが調べたところでは、この梅木は、古刀の収集家でもあることが分かった。二人の男を熊野に行かせ、名刀伊勢村正を、盗ませようとした黒幕の可能性があるんだよ。つまり、松平が殺す動機がある。ところが、ほかに、男女二人を殺している。この二人についても、われわれは、徹底的に調べた。松平が殺す理由があったと思うからだが、しかし、いくら調べても、理由が見つからなかった。松平優とも、彼の父親とも、母親とも、全く無関係なんだ」

十津川はわざと、力をこめて、いった。

しかし、横井は、黙っている。

「君は、不思議だと思わないかい？」

と、十津川が、きいた。

「松平の気持ちは、分かりませんよ」

と、横井が、いう。

「しかし、君は、逃げかくれしない侍だといったじゃないか」

「侍といったのは、十津川さんですよ」

「それなら、君は、上野で、何の関係もない男女を殺したのは、侍らしくない、ひどい行為だと思うんだね」

「――――」

「私も、そう思っているよ。あの時、この男女は、松平を殺そうとしたわけじゃないよ。刀も持っていない。ただ、梅木清一郎を斬り殺した松平に向かって、それを止めようとしただけだから。邪魔なら、刀でミネ打ちにしてもいいし、殴るだけでも良かったんだ。それなのに、松平は、二人を、斬り殺してしまった」

「知っています」

「どう思うか、君の考えを聞きたいんだがね」

「何もいうことは、ありませんよ。もう、起きてしまったことですから」

「君が、もし、その場にいたら、止めるかな？」

十津川が、きいた。

一瞬、間をおいてから、横井は、

「そうですね。止めるでしょうね」

と、いった。

とたんに、十津川の眼が、光った。

「君は、何か知っているね？」

「何のことですか？」

「君も、剣道の達人だろう？　無意味な殺人は、絶対にしないはずだよ。それなら、私の質問に対して、間髪を入れず、止めるというはずなのに、君は、間をおいて、止めるでしょうねと、いった。つまり、あの時、松平が、関係のない男女まで斬り殺した理由を、知っているからじゃないか？　私は、そう思うがね」

「困ったな」

と、また、横井は、いった。

「それは、十津川さんの考えすぎですよ」

「考えすぎ?」

「そうですよ」

と、横井は、肯《うなず》いたあと、急に、勢いよく、しゃべり出した。

「私は、剣道を学んでいます。真剣を使う居合《いあい》もやりました。それだけ、一般の人より、人間の生死について、考える時間は、長いと思うのです。だから、自然に、人の死についてきかれると、構えてしまうんですよ。さっきも、条件反射で、考えてしまい、とっさに、答えられなかっただけです。上野で、松平が、三人も殺した理由を、知っているからじゃありませんよ」

十津川は、横井が、ウソをついていると、感じた。

「変に勘ぐられると、困るんですよ。十津川さんが、どう考えるかは、自由ですが、松平のことは、そんなに知らないし、彼の考えが、全部分かるはずはないでしょう。今度の事件については、ただ、驚いているだけで、松平の気持ちが理解できずに、困っているんです」

「そうかな」

と、いった。が、十津川は、
（ウソをついている）
という、疑念は、ますます、強くなって、いった。

2

その二日後、茨城県の沖で、男の死体が、発見された。
長時間、海水に浸《つか》ったために、膨張している死体だった。
発見したのは、近海漁業の漁船の乗組員である。
死体は、水戸中央警察署で、調べることになり、ふたつのことが分かった。
死体が、行方不明になっていた水戸の郷土史家の五十嵐秀之、六十五歳であること
が、ひとつで、もうひとつは、死因である。
長く、海水に浸っていたが、直接の死因は、溺死《できし》ではなく、扼殺《やくさつ》だった。それに、
肋骨《ろっこつ》が二本折れていた。
まず、胸を拳《こぶし》で強打され、その時に、肋骨が二本折れた。そのあと、首を絞められ
て、死んだのだろうと、考えられた。

多分、犯人は、若い、力のある男ということで、水戸中央警察署は、大洗鹿島線の車内での出来事に注目した。

犯人と思われるのは、その時のケンカの相手、松平優と分かったが、その松平優は、現在、殺人容疑で、留置場に入っていた。

十津川は、この知らせを受けて、亀井と、水戸中央警察署に出かけ、池内《いけうち》という警部に会った。

池内が、この事件を、担当していたからである。

「前から、車内の事件は、知っていたので、やはりと、思いました」

と、十津川は、池内に向かって、いった。

池内は、肯いて、

「こちらでも、被害者五十嵐秀之が、水戸の有名人なので、関係者は、やっぱりと、いっています。ところが、犯人と思われる男が、殺人容疑で、留置場に入っていると分かって、拍子抜けしているんです。松平優という男は、何人も、殺しているんですね。驚きました」

「正式に、彼が認めているのは、上野寛永寺での三人の殺しです。それで、現在、留置場に収容されています」

「他にも、何人か殺しているようですが」

「今回、死体の見つかった五十嵐秀之殺し、それと、あと二件ありますが、この二件については、松平は、否定しています」

「今回の件については、どうですか？」

と、池内がきく。

「ここに来る前に、松平に会ってきましたが、否定しています」

「理由が分かりませんね」

と、池内は、首をかしげた。

「三人を殺したことは、認めているんでしょう？　三人殺したら、死刑は、まぬがれないんじゃありませんか。それなのに、なぜ、五十嵐秀之殺しについて、否定するんですかね」

「それでも、多分、否定するでしょうね」

と、十津川は、いった。

「それはつまり、三人殺しても、死刑にはならない自信があるんでしょうか？」

池内は、何度も、首をかしげる。

「そこが、私にも分からなくて、困っているのです」

「殺人の動機は、何なんですか？　松平の父親が、行方不明だと、聞いてはいるんですが」

「その通りで、松平の父親は、現在行方不明です」

十津川は、父子とも、剣の達人だったこと、母親が、伊勢村正を守ろうとして、死んだことを、池内に、話した。

「そして、行方不明の父親も、殺されて、名刀を奪われた。その両親の敵を討ったのだと、私は、考えているのです」

「しかし、父親は、まだ行方不明なんでしょう？」

「そうですが、名刀伊勢村正を持って、上京していますし、時間が経《た》っているので、私は、すでに、殺されて、伊勢村正を奪われていると、考えています。多分、松平優も、そう思っているに違いありません」

「それならなぜ、松平優は、警察に訴えなかったんですかね？」

「多分、自分の手で、敵を討つ気だったからでしょう。だから、警察には、頼まなかったんだと、思いますがね」

「自分の手で、親の敵討ちですか。まるで、昔の侍ですね」

池内が、笑った。半ば感心し、半ば、あきれている感じだった。

「それにからんで、私は、こんなことも、考えているんです。証拠はないんですが」

「想像でも構いません。ぜひ、十津川さんの考えを聞かせてください」

と、池内が、いった。

「少しばかり、飛躍するかもしれませんが、松平優は、父親が死んでいることを、すでに知っているんじゃないかと思っているんです。もっといえば、父の遺体を見ていると考えています」

十津川が、いうと、池内は、びっくりした顔で、

「しかし、彼は、行方不明の父親を探しに、上京したんでしょう？　いつ、父親の遺体を見たんですか？」

「私は、遺体を見たあと、上京したと思っています」

「本当ですか？」

「あくまでも、私の想像です。その遺体は、刀で、すっぱりと、斬られていたに違いないと、私は、思っています」

「しかし、松平優の父親も、剣の達人なんでしょう。それなのに、斬り殺されたというんですか？」

「そうです」

「剣の達人を、斬殺《ざんさつ》したとすると、相手も、剣の達人ということになりますね」

「その通りです。だから、松平優は、父親が持っていった伊勢村正の次に名刀といわれる刀を持って上京しているのです。最初、私は、その刀を餌《えさ》にして、犯人を見つけようとしていたと思ったのですが、今は、別の考えを持っています。その名刀で、父を殺した犯人を、斬り捨てるつもりだったのだと思います」

「そういえば、上野寛永寺では、三人の男女を、持っていた名刀で、斬り殺していますね」

「多摩川の河原で、T大の准教授を殺したのも、私は、ホームレスに扮した松平優だと思っていますが、この時も、一刀のもとに、斬り捨てています」

「なるほど。水戸のケースでは、五十嵐秀之は、胸を突かれ、そのあと、扼殺されていますが、これは、列車に、刀を、持ち込めなかったからでしょうね」

「その点は、同感です」

「またひとつ、疑問が、出てきたんですが」

池内は、遠慮がちに、いった。

「どんな疑問ですか?」

「十津川さんは、こういわれた。松平優の父親は、すでに殺され、遺体は、息子の松平優が、見ている。その身体《からだ》は、一刀のもとに斬殺されていたに違いないと」

「あくまで、想像ですが、この想像は、間違っていないと、思っています」

十津川は、自信を持って、いった。

「しかし、これまでに、松平優に殺された相手は、一人として剣の達人には、見えませんよ。今回死体の見つかった五十嵐秀之は、胸を打たれ、首を絞められて殺されました。上野で、殺された三人も、ほとんど、無抵抗で、斬殺されたわけでしょう。多摩川の河原で殺された准教授のことは、分かりませんが」

「彼も、剣の心得はありませんでした」

「そうなると、一人も、剣の達人はいないことになりますが」

と、池内は、いった。

たしかに、池内警部のいう通りなのだ。

行方不明の父親は、すでに殺されているに違いないし、それも、犯人は、剣の達人に違いない。それで、松平優は、敵を討つために、剣を使っている。これは、あくまでも、十津川の想像である。

だが、この想像は、間違っていないと、十津川は、今も、考えていた。そうでなければ、松平が、相手を、斬り殺している説明がつかないのである。

しかし、今、池内が、指摘したように、松平優が殺した相手の中に、剣の達人と思われる人間は、一人もいなかったのも、事実なのだ。

特に、松平が、名刀を使って斬り殺したと思われる相手、多摩川河原のT大の准教授と、上野寛永寺の三人は、まるで、巻きワラのように、一撃で斬り捨てられているのである。

この四人が、抵抗した形跡は、全くない。

十津川の想像とは、全く、合致しないのである。

（これを、どう考えたらいいのか？）

十津川は、眼の前の池内警部を、無視するような形で、考え込んだ。

何とか答えを見つけて、その答えを、池内に示したかったのである。

結果、十津川は、かろうじて、ふたつの答えを見つけ出した。

そのひとつは、松平優の考えすぎということである。剣の達人の父が殺されたので、息子の松平優は、犯人の中に、剣の達人がいるに違いないと、思い込んでしまった。

ところが、そんな達人はいなかった。

もうひとつの答えは、まだほかに、犯人の仲間が、残っていて、その最後の一人が、剣の達人ということ、これが、答えなのだ。

しかし、第二の答えのほうは、池内に話す前に、十津川は、自分で打ち消してしまっていた。

もう一人、犯人が残っているのに、松平優本人が、警察に逮捕されてしまったのでは、両親の敵を、討てなくなってしまうからである。

松平優は、最後に、上野寛永寺で、三人の男女を、斬り捨てたあと、正座して、警察が来るのを待っていた。これで、父と母の敵討ちは、全《すべ》て終わったと思ったからだろう。まだ、敵が残っていたら、三人を斬り捨てたあと、さっさと逃げればいいのである。だが、正座して、警察が来るのを、待っていたのである。それを考えれば、あの時点で、松平優の敵討ちは、完結したのだ。

「今、答えは、ひとつしか見つかりませんね。父親が殺されたのは、間違いないと思うのです。父親は、剣の達人ですから、息子の松平優としては、犯人も、剣の達人に違いないと思い込んでしまったのだと思うのです。そこで、松平優は、自分の家に伝わるもう一本の剣を持って上京、次々に、父と母の敵を討っていったのですが、松平優が考えたような剣の達人はいなかったということです。松平優にしてみれば、多分、拍子抜けのような感じだったのではないかと思いますね」

と、十津川は、いった。

第六章　事件の再検討（後）

1

東京地裁で、松平優の裁判が始まった。

上野の寛永寺で、三人の男女を、斬殺《ざんさつ》した容疑である。

十津川も、証人として出廷した。

被告人席の松平は、じっと眼を閉じて、身じろぎひとつしない。証人の証言を聞いているのかどうか分からなかった。

松平の傍らには、国選弁護人が、所在なげに、座っていた。松平は、弁護人を拒否したのだが、重罪の裁判では、弁護人不在だと開廷できない。そのため、裁判所が職権で指名したのである。

「誰が弁護しても、結果は同じですから」

と、松平は、いったという。

それは、死刑を覚悟しているということなのだろう。

また、最初の人定質問《じんていしつもん》の時、松平は、発言を求めて、

「私は、自分の行為について、弁護する気はありませんので、一刻も早い判決をお願いします」

と、いったのである。

いさぎよいという人もいたが、上野で、巻き添えで殺された男女の遺族の中には、

「死刑が決まっているものだから、最後に、いいカッコしたいんだろうが、勝手なものだ」という声があった。

十津川は、別の意味で、松平優の態度に、首をかしげていた。

松平優は、母を殺され、父は行方不明、その父も殺された可能性が強い。それを考えれば、松平には、いいたいことが、いくらでもあるのではないのか。

死刑を覚悟しているのは、分かる。だが、なぜ、死に急ぐのか。

（何か、隠している）

と、十津川は、思った。

これは、確信に近くなっていった。

松平にからんで、今も不明なことを、十津川は、考えてみた。

第一に、浮かんでくるのは、松平優の父親のことである。

隠れた剣の達人。秘蔵の名刀を持って、上京したまま、行方不明になってしまった。

その父を探しに、松平優は、上京したという。

しかし、冷静に見て、松平優が、真剣に父親を探した形跡はない。

裁判でも、ひと言も父についての言葉はないのだ。

それを、父親に関心がないとは、十津川は思わなかった。

(父親が、すでに死んでいることを、知っているのではないのか?)

と、十津川は、思った。

それも、ただ、死んだといわれただけだとは、思えない。しっかりと、父親、慎太郎の死を、確認したはずである。

(しかし、松平慎太郎が死んだという話を聞いたことはない)

そんな新聞記事が出ていれば、覚えているはずである。

(と、いうことは、どういうことなのか?)

十津川は、考える。

名もない、ただの老人として死んだということではないのか？

だから、十津川の記憶に残っていないのではないのか？

十津川は、平凡な老人の死を、片っ端から、調べていった。

ところが、これが意外に多いのだ。最近は老人社会だ。それゆえ、孤独死の老人が多い。死んでから、何日か経って、発見される老人の例である。

死者が誰なのか、確認するのも難しい老人のケースもある。いわゆる無縁仏である。自分のほうから、縁を切ってしまう場合もあるし、縁を切られた場合もある。

十津川は、部下を使って、そうしたケースを、根気よく調べていった。

十八日目に、やっと、これはというケースにぶつかった。

場所は、鹿島臨海鉄道の沿線の林の中、日時は、二年半前の九月一日。

次のように、報じられていた。


九月一日、林の中で、男の死体が発見された。年齢は六十歳から七十歳。身長百六十センチ、体重六十二キロ。

下着姿で、死亡しており、身元不詳。のどに穴があいており、それが、致命傷と思われる。年齢にしては、頑健な身体つきで、のどの傷は刀のようなものによるものと思われる。

担当は、茨城県警である。

十津川は、刀という文字に、引かれた。

県警に電話した。担当したのは、川上《かわかみ》という刑事だった。

その川上刑事は、十津川の質問に答えて、

「残念ながら、今も身元不詳のままです」

「のどに穴があいていたと、新聞記事にあったんですが、どういう傷だったんですか？」

「さまざまな意見が出たんですが、刀で突かれた傷ということで、それが結論になりました」

「刀というと、日本刀ですか？」

「そうだろうということです」

「ほかに、身体に傷は、あったんですか？」

「いや、ありません。のどの傷だけです」

「それが致命傷ですか？」

「そうです。動脈を、真っぷたつに、切り裂いていたんです。それで絶命した。相手も、かなりな剣の使い手だろうということになったのです」

「とすると、明らかに、殺人事件ですね？」

「そうなんですが、全く、抵抗の形跡がないんです。それで、殺人と事故死の両方で捜査したのですが、何しろ、身元がわからないので、どちらにせよ、未解決です」

「新聞に載ったあと、家族や友人が、確認しに来たということは、ありませんか？」

「一人だけ、若い男性が、見えましたが、知らない人間だといって、帰りました」

「それは、いつ頃ですか？」

「新聞に載って、すぐです」

「その若い男の名前は？」

「分かりません」

「どうして、分からないんですか？」

「わけがあって、名前は、隠したいというのです。ただ自分の知り合いだったら、名前を明かしてもいいというんです。結局、知らない人間だということで帰ってしまったので、名前を聞きませんでした」

「顔は、覚えていますか?」

「はい。覚えています」

「これから、そちらへ行きます」

と、十津川は、いった。

2

十津川は、亀井と、茨城県警に向かった。

向こうで、川上刑事に会う。

十津川は、あらかじめ、五枚の顔写真を持参した。

松平優と、横井哲の写真と、事件と関係のない三人の二十代の写真である。

十津川は、川上刑事の前に、その五人の写真を並べた。

「この中に、問題の若い男がいますか?」

十津川がきくと、川上は、あっさりと、松平優の顔写真を、指さした。

「この男です」

「間違いありませんか?」

「はい。この男です」

「二年以上経っているのに、そんなに自信を持って、いえるんですか？」

十津川がきくと、川上はニッコリして、

「面ダコです」

と、いう。

「面ダコ？　剣道で面をつけた時にできる額の、あれですか？」

「そうです。私も、県警に入ってから、ずっと、剣道をやってきたので、ごらんのように、面ダコが、できています。あの時の男にも、面ダコがあったんです。五枚の写真には、二人に、面ダコがありますが、一人は顔がまるっきり違うし、他の三人には、面ダコがありませんから」

「この写真の男ですが、何か、印象に残っていることは、ありませんか？」

と、亀井が、きいた。

「そうですねえ」

と、川上は呟いてから、

「死体は、霊安室にあるので、そこに案内したんですが、その時、少しの間、一人にしてくれませんかといわれました」

「それで、一人に？」

「はい」

「どのくらい、彼は、死体と一緒にいたんですか？」

「二、三分だったと思います。出て来て、やっぱり、人違いでしたといって、帰って行ったんです」

「その後、死体は、どうなりました？」

「無縁仏として、荼毘《だび》に付されました」

「死体の写真は、ありますか？」

「殺人の可能性があるので、写真や、指紋などは、保存してあります」

と、いう。

十津川と亀井は、その写真を見せてもらった。

裸の死体の写真である。

眼を閉じている。手足が硬直しているのは、発見された時、死後硬直を起こしていたのだろう。

のどの傷の写真もあった。

拡大された写真を、十津川は、じっと、見つめた。

「のど仏を、突き刺していますね」

「一撃です。ほかに傷はありませんから、犯人は素晴らしい腕の持ち主だと、いう人がいました」

「素晴らしい腕だということは、私にも、分かります」

と、十津川は、いった。

「それで、この死体ですが、十津川警部は、ご存じなんですか？」

と、川上が、きいた。

「多分、松平慎太郎だと思いますが……」

十津川が、いうと、川上は、

「よく分かりませんが――」

「ここに、若い男が確認しに来た。その男の父親です」

「しかし、人違いだといって、帰って行ったんですよ」

「しかし、彼の父親です。剣の達人です」

「じゃあ、もう一度、あの若い男を呼びましょうか？」

「それは、無理です。今、殺人事件の公判で、被告人になっていますから」

「それでは、確認のしようがありませんね？」

「この写真を、お借りしたい」

と、十津川は、いった。

写真三枚を借りて、捜査本部に戻ると、それを西本と日下の二人に持たせて、熊野のあの村に、走らせた。村人に、確認させるためである。

その日のうちに、結果が出た。

西本が、電話をかけてきて、

「村人が、確認しました。間違いなく、松平の大先生だと、証言しています。ただ――」

「ただ、なんだ?」

「先生は、剣の達人だ。そんな先生が、こんな形で殺されるはずはないといっています」

3

「やはり、それを、不審がっているのか」

「そうです」

「警察も、不審に思っていると、伝えておいてくれ」

と、十津川は、いった。

西本と、日下の二人が、捜査本部へ戻ったところで、捜査会議が、開かれた。

議題は、ふたつあった。

第一は、松平慎太郎を、殺したのは、誰かということである。

第二は、なぜ、松平優が、死体を見て、父親といわず、知らない人間だといったのかという疑問である。


まず、第一の問題である。

十津川が、どこが問題かを、捜査本部長の三上《みかみ》に、説明した。

「殺された松平慎太郎は、剣の達人です。彼は、妻、松平優から見れば、母親ですが、彼女を死に追いやった犯人を見つけようと、名刀伊勢村正を持って、上京しました。これが三年前です。その松平慎太郎は、行方不明になってしまい、息子の優が、今度は、父親を探すために、上京したのです。その父親は二年半前の九月一日、茨城県の松林の中で、死体で、発見されました。裸で、のどにだけ、深い突き傷があり、他に、外傷は、ありませんでした。犯人は刀のひと突きで、松平慎太郎を、殺しているのです。剣道にくわしい人も、相手は、剣の達人だろうと、いっています。それにしても、松平慎太郎が、なぜ、一撃で殺されてしまったのか？　松平慎太郎も、剣の達人ですから、誰もが、不思議に思います」

「君は、どう解釈したんだ？」

と、三上が、きく。

「これは、私だけでなく、多くの人が考えたことですが、犯人は、息子の優ではないかということです。息子なら、松平慎太郎は、油断するでしょうから」

十津川が、いった。

「今も、君は、そう思っているのか？」

「今は、別の考えを持っています」

と、十津川は、いった。

「それを、話したまえ」

「松平慎太郎の死体が発見され、それが、身元不詳の死体として、新聞に載ってすぐ、松平優が、警察を訪ねて、死体と、面会しています」

「しかし、知らない人間だと、いったんだろう？」

「そうです」

「自分が殺したから、知らないといったんじゃないのかね？」

「それなら、わざわざ、死体を確かめに行くのは、おかしいことになります」

「確かめに行ったのなら、なぜ、知らない人間だといって、帰ってしまったんだ？

おかしいじゃないか？」

「それを、ずっと、考えていました」

「答えは、見つかったのかね？」

「私なりに、答えを見つけました」

「では、それを聞こうじゃないか」

三上が、強い口調で、促した。

「松平優は、死体を見てすぐ、父親だと分かったはずです。ところが、そのあと、少しの間、一人だけにしてほしいと、県警の刑事に、頼んだのです」

「おかしいじゃないか。見たとたん、父親だと分かったんだろう？」

「そうです。二、三分、優は、死体と二人だけになっていたそうです」

「何のためにだ？」

「傷口を、調べるためだと思います。多分、優は、父親を、ひと突きで殺した相手は、誰なのか、その数分間に、考えていたんだと思います」

「それで、彼は、分かったのか？」

「分かったんだと思います。彼も剣の達人です。父親の腕も知っています。そんな父親を、ただひと突きで、殺した人間が、そんなにたくさんいるわけじゃない。数人、いや、もっと少ないかもしれません。その上、突きの名手といえば、一人か二人しかいないのではないか。それで、松平優には、犯人が分かったんだと思うのです」

「それで、松平優は、なぜ、死体は、知らないと、いったのかね？」

「そこは、想像するより仕方がありませんが、優は、自分の手で、父親の敵を討とうと、決めたからだと思います。全てを話してしまったら、警察が犯人を捕まえてしまうかもしれませんからね」

「剣の達人らしく、自分の剣で、敵を討つか？」

「そうです」

「今、君は、その時、松平優は、犯人が誰なのか、分かったはずだといった。間違いないかね？」

「はい。間違いないと思います」

「すると、その後、松平優は、次々に、殺人を重ねていく。それは、父親の敵討ちなのかね？」

「そうです。両親の敵討ちです」

「まず、最初に、多摩川の河原で、大学の准教授を殺した。これは母親の敵討ちだろう。そして、二人目は、水戸の郷土史家だ。三人目は、水戸で、佐々木という衆議院補選の候補を殺した。最後に、上野寛永寺の境内で、三人の男女を斬殺し、逮捕された。これで、間違いないね？」

「間違いありません」

「そうなると、当然、その中に、父親を殺した剣の達人がいなければ、おかしいだろう？　ところが、この六人の中に、剣の達人は、いるのかね？　私は、そんな話を全く、聞いていないのだが」

三上本部長が、意地悪く、十津川に、きく。

「私も聞いておりません」

十津川が、答えると、三上は、笑って、

「それじゃあ、困るじゃないか。松平優は、上野で、三人を殺したあと、逃げずに、正座して、警察が来るのを待っていたそうじゃないか。つまり、これで、全て、終わったということを、示しているんだろう。それなのに、殺した相手の中に、肝心の剣の達人がいないというのは、おかしいじゃないか？」

「たしかに、おかしいです」

「おかしいでは、すまんだろう」

「それで、考えています」

と、十津川は、いった。

4

「どうしますか？」

と、亀井が、きいた。

「どうしたらいいか、私にも分からないんだ」

「こうなったら、問題の剣の達人を、探そうじゃありませんか。そのほうが、手っとり早いでしょう」

と、亀井が、いう。

十津川も、そうすることにした。

問題の人間は、剣の達人である。しかも、突きの名手である。そうたくさんいるはずがない。

十津川と亀井は、日本で、剣の達人といわれる人たちに会って、話を聞くことにした。

彼らが、あげた名前は、二人だった。

いずれも、剣の達人で、しかも、突きの名手だという。

武田《たけだ》　定之《さだゆき》（五十歳）
井川《いかわ》　敬助《けいすけ》（五十六歳）

の二人である。

十津川が聞いた話では、この二人は、竹刀《しない》の試合でも、その先端が、のど当てに決まると、相手は一瞬、息が止まってしまうほどだという。

十津川は、この二人について、聞き込みを進めることにした。

武田定之は、現在、日本剣道館に勤めていて、もっぱら、剣道を習いに来る者の指導に、当たっていた。

四十歳までは、毎年一回開かれる全国剣道大会に、日本剣道館の代表として、参加していて、二回、優勝していた。

そのいずれの大会でも、武田は、突き一本で、決勝に進出している。

十津川は、二回目の優勝の時のビデオを借りて、刑事たちと一緒に、見ることにした。

予選の時から、突き一本である。

竹刀の先が、小さくふるえているかと思うと、裂帛《れっぱく》の気合と共に、相手ののどをひと突き、相手の身体が、見事に、転倒する。

ただ、準決勝では、突きを外され、面を一本取られてしまう。

面で取り返し、三本目は、突きで取り、決勝に進んだ。

決勝でも、面で一本取られてしまい、小手《こて》で取り返し、突きを決めて、優勝した。

それだから、武田の突きは、怖いと、誰もがいうという。

二人目の井川敬助は、小さいながら、浅草田原町《あさくさたわらまち》に、自分の道場を、持っていた。

自ら、江戸時代の剣豪、井川誠之介《いかわせいのすけ》の子孫を名乗っている。

試合では、突きは危険なので、もっぱら、面や小手で、戦うことにしているといい、

「いざという時には、伝家の突きを使う。そうなると、相手の身体が、羽目板《はめいた》まで、吹き飛んでしまうんだよ」

と、自慢するのが常だった。

十津川は、この二人について、アリバイを、調べることにした。

二年半前の九月一日に、松平慎太郎の死体は、茨城県の松林の中で、発見されている。

県警が、司法解剖した結果によれば、死亡推定時刻は、前日八月三十一日の午後六時から七時の間となっている。

その時のアリバイである。

問題は、二年半も前の八月三十一日のアリバイである。

果たして、そんな過去の一日のアリバイがはっきりするものだろうか？

そこで、十津川は、アリバイの確認と同時に、二人の個人的な経歴や、人柄、噂《うわさ》なども調べた。

松平慎太郎を殺したとすれば、彼が持っていた名刀伊勢村正を奪ったはずである。

その名刀を所持していれば、犯人の可能性が強くなってくるのだ。

伊勢村正は、名刀で、剣の道にいる人ならば、誰もが知っているという。問題の二人は、その剣の道にいる人間である。伊勢村正を持っていれば、自然に噂が広まってくるはずである。

しかし、二人の周辺を、いくら調べても、伊勢村正の話は出てこなかった。

それに、二人とも、それぞれのグループの責任者で、一匹狼《おおかみ》的な行動は取れないことも、分かってきた。

松平慎太郎、優父子との接点も、いっこうに出てこないのである。

そのうちに、二人のアリバイも、はっきりしてきた。

毎年九月十日に、剣道の東京大会があり、武田定之の所属する日本剣道館でも、井川敬助の道場でも、門下生を出場させようと、八月のはじめから、道場での猛稽古《げいこ》を開始していた。

その年の八月三十一日は、その猛稽古の最中で、両者とも、深夜まで、門下生を教えていたというのである。

十津川は、もう一度、剣道の世界にくわしい人たちに会った。

その場で、武田定之と井川敬助の二人は、該当しなかったと告げると異口同音に、

「それは良かった。剣の道に生きる人間の中に、警察のご厄介になるような者がいないと分かって、ほっとしています」

と、いう。

十津川は、彼らに向かって、

「皆さんは、何か隠していますね」

「そんなことはありませんよ」

「いや。皆さんの頭の中には、最初から、一人の剣士の名前があったんじゃありませんか。ただ、その人間には、問題がある。人間的な欠陥です。だから、隠した。そうじゃありませんか？」

「いや、そんなことはない」

「われらの仲間に、刑事事件を起こす人間などいませんよ」

と、口々に、異議を唱えた。

しかし、十津川が、捜査本部に戻ると、匿名《とくめい》の電話がかかってきた。

「私の名前は、勘弁してほしい。十津川さんが知りたい人間の名前ですが、神原真太《かんばらしんた》郎《ろう》だと思います」

と、男の声が、いった。

「剣の達人ですか？」

「魔剣と恐れられていました。それも、突き一本、普通の剣士より、剣先が一尺余計に伸びるといわれ、その剣先を避けられる者はいないといわれていました」

「魔剣ですか？」

「修羅の剣ともいわれていました」

「その神原真太郎という人には、何処《どこ》へ行ったら、会えますか?」

「それは、無理です」

「なぜです?」

「今年の二月、突然、二人を殺し、三人を傷つけ、神原自身も、その場で自刃《じじん》して果てました」

そういって、男は、電話を切った。

第七章　道北拘置所

1

「よく似た話だとは思わないか？」

十津川が、亀井に、いった。

「何がですか？」

と、亀井が、きく。

「今、匿名の電話があっただろう？　それによれば、今年の二月、場所は分からないが、神原真太郎が二人の人間を殺し、三人の人間を負傷させた。そして、その場で、神原は自刃して死んだ。そういっていた」

「そうでしたね。しかし、どれと似ているんですか？」

「松平優の行動だよ。松平優は、上野の寛永寺の境内で、三人の男女を斬り捨てた。こちらのほうは、その場で、逮捕された。三人もの男女を殺していれば、間違いなく死刑になる。その裁判が、今、行われている。松平優にしても、神原真太郎にしても、二人とも剣の達人だ。それが突然、松平優は、殺さなくてもいい人間まで殺してしまった。それも、二人もだ。神原真太郎のほうは、今年の二月の事件というのが、よく分からないが、匿名の電話を信じれば、二人の人間を殺し、三人を負傷させたことになる。神原真太郎が、どうして、そんなことをしたのかが、私には、分からないんだよ」

「たしかに、よく似てはいますが、松平優の場合は、大人しく警察に、逮捕されています。神原真太郎のほうは、自ら命を絶っていますから、その点で、全く違うのではありませんか？」

「本当に、神原真太郎が自殺したのかどうか、その点から調べてみる必要があるような気がしているんだ」

十津川は亀井と国立国会図書館に行き、今年二月分の新聞を借りて、目を通すことにした。

匿名の電話でいっていた二月の事件を、新聞のページを繰りながら、どんな事件だったのか調べていくのだが、それらしい記事が、なかなか見つからない。途中で十津

川は、

（騙《だま》されたかな）

と、思い始めた。

神原真太郎は、剣の達人であり、その剣法は、魔剣ともいわれ、修羅の剣ともいわれた人間でもある。その剣の達人が、今年二月、日本のどこかで突然、人を殺し、負傷させた。そして、自殺した。そんな事件があったのなら、新聞は、大きく報道し、テレビも追いかけるだろう。

しかも、今年の、二月である。十津川には、そんな大きな事件を、テレビのニュースで見たり、新聞の記事で読んだ記憶がないのである。

十津川が、そのことをいうと、亀井もうなずいて、

「私も、さっきから、おかしいなと思っていたのです。そんな大きな事件があって、新聞やテレビで、報道されていれば、絶対に覚えていますよ。ところが、そんな記憶がありません。あの匿名の電話というのは、警察を、からかっている、イタズラ電話なのではありませんか？」

「それが、そんな感じは、なかったんだ。とにかく、今年二月の新聞を全部、読んでみようじゃないか？　それでも見つからなければ、カメさんがいったように、あの電

話は、われわれ警察をからかったんだ」

と、十津川が、いった。

結局、十津川が考えたような、大きな見出しの記事もなく、二月の新聞が終わってしまった。念のために、三月一日の新聞にも目を通したが、やはり、同じだった。

「ありませんね」

と、亀井が、いった。

「念のためだ。もう一度、二月一日から見てみようじゃないか?」

十津川が、いった。

十津川には、匿名の電話が、ウソをついているようには、どうしても思えなかったのである。

二人は、もう一度、新聞を見直していった。すると、亀井が、新聞記事を指さしながら、

「警部、ひょっとすると、これじゃ、ありませんか?」

と、いう。

二月十一日の中央新聞の朝刊、その社会面の片隅に、小さな記事が載っていたのである。

「北海道札幌発。

昨日二月十日、道北拘置所内で事件があった。拘置所内で暴動が起こり、死刑囚数人が手製のナイフを持って暴れたので、仕方なく、制圧に乗り出し、その結果、二人の死刑囚が死亡し、三人が負傷した。

それによって、暴動は治まったが、同拘置所の安藤久雄《あんどうひさお》所長は、

『全《すべ》て、私の責任です。死刑囚二人が殺されてしまって、誠に申し訳ありません』

と、話している」


「小さい記事ですが、二人が殺され、三人が、負傷しています。匿名の電話と同じ死傷者の数です」

と、亀井が、いう。

「拘置所内の事件だから、努めて、外に漏らさないようにしたんだろう。それで、新聞の扱いも小さいんだ。だから、私たちも、覚えていなかった」

「ただ、神原真太郎のことが、この記事では分かりません。匿名の電話では、五人を死傷させた犯人は、神原真太郎だと、いったわけでしょう？　この記事では、刑務所

内の暴動になっていて、神原真太郎の名前なんて、どこにも出ていませんね」

「それを調べてみよう」

十津川は、法務省に電話をかけ、今年二月十日の北海道、道北拘置所での暴動について、事情をよく知っている人に話を聞きたい旨を告げた。

電話の声が変わり、その相手は、いきなり、

「中央新聞の記事にもあるように、道北拘置所の中で、今年の二月十日に暴動事件が起きたことは、たしかに事実ですが、その事件については、なるべく表沙汰《おもてざた》にはならないようにしているのです。そのことは、全ての拘置所に通知してあるんですよ。あまり大きな騒ぎになると、道北拘置所の安藤所長が、苦しい立場に、追い込まれてしまいますからね」

と、強い口調でいうのだ。

「私は、拘置所内の暴動に対して興味があるわけではありません。今、私が追っている殺人事件では、神原真太郎という剣の達人が、その殺人事件の中心にいるような気がしているのです。ひょっとして、今年二月の暴動に、この神原真太郎が、関係しているのではありませんか?」

と、十津川が、きいた。

相手は、一瞬の沈黙ののち、

「この件について、表沙汰にしないと、約束していただけますか？」

「ええ、もちろん、お約束します」

「それでは、二月の暴動事件の真相について、お話しします」

と、相手は、改まった口調で、いった。

「この道北拘置所は、死刑囚が多く収監されていることで、よく、知られています。所長は安藤久雄という人間で、この安藤所長は剣道二段で、腕も立ちますが、何よりも剣道が好きで今年の二月十日、剣道の達人といわれる神原真太郎さんを、道北拘置所に呼んで、死刑囚たちに、剣の極意のようなもの、それから、侍というのは、どういうものかを話してもらうことにしたのです。ところが、神原真太郎さんが、講演をしている間に、脱獄のチャンスと見たのか、数人の死刑囚が、釈放を要求して、所長室を占拠してしまい、一時、拘置所内が危険な状態になってしまったのですよ。その時に、講演に来ていた神原真太郎さんが、持参した名刀の伊勢村正、これは安藤所長の要望で、所長に見せるために、持参したものだとされていますが、その名刀で、暴徒の二人を斬《き》り殺し、ほかの三人を、痛めつけてしまったので、たちまちのうちに暴動は治まってしまったのです」

「その後、神原真太郎は、どうしたのですか？」

「安藤所長からの、連絡によると、二人もの人間を殺したことに対して、これは許されないことだといって、自らその場で、腹を切って死んでしまった。見事な死に方だったと報告してきています」

「葬儀は、どう行われたのですか？」

「神原真太郎さんに斬り殺された二人は、どちらも、死刑囚でした。それも、かなりのワルで、二人とも、一家を皆殺しにしたり、意味もなく、四人の人間を、殺したりしていますから、安藤所長によると、拘置所内で、葬儀が行われ、二人の死刑囚の家族にも通知は、出したのだが、誰も参列しなかったそうです」

「神原真太郎の葬儀のほうも、やはり拘置所内で行われたのですか？」

「そうです。神原真太郎さんは、今もお話ししたように、暴動を起こした二人の死刑囚を斬り殺し、三人を、負傷させました。それで、自刃する前に、安藤所長に向かって、私の死は、内密にしてほしい。家族にも知らせずに、この刑務所内に、葬ってほしい。そういい残して死んだそうですから、神原真太郎さんの死は、家族にも友人にも、全く、知らされてはいないのですよ」

「安藤所長は、どういう経歴の持ち主ですか？　それから、どんな性格かとか、家族のことなどを、教えていただけませんか？　今、剣道二段だということはお聞きしましたが」

「名前は、安藤久雄です。現在、五十八歳で好きな剣道は、中学時代からやっていて、大学一年の時には、東京都の剣道大会に出場して、四位になったそうです。現在、結婚しており、道北拘置所の敷地内にある所長用の官舎で、妻の雅子《まさこ》と一緒に、住んでいます。雅子も、元警官です。安藤所長のモットーは『全て、侍魂《さむらいだましい》でやっていく』だといわれています。とにかく剣道が好きで、今も毎朝の素振りは、欠かさないそうです。そのくらいですから、唯一の趣味は刀剣の収集で、二月十日に、神原真太郎さんを呼んだ時にも、名刀といわれる伊勢村正を持ってきてほしいと、頼んだのでしょう」

「神原真太郎が、死んだとすると、彼が持っていたその伊勢村正は、今、どうなっているのでしょうか？」

「私が知っている限りでは、安藤所長が預かっているという形で、彼の家に、大切に保管されているはずです」

「神原真太郎は、暴動を起こした死刑囚二人を斬り捨てたといわれていますが、この二人の名前を教えていただけませんか？」

と、十津川は、いった。

2

「一人は堀越誠《ほりこしまこと》、四十歳で、もう一人は井口拓也《いぐちたくや》、三十二歳です。二人とも死刑囚で、どちらも、多くの人間を殺していますから、これまでに、二人の家族が面会に来たことは一度もありません。今回、拘置所内で葬式を行ったのだが、二人とも、家族も知人も、誰も姿を見せなかったといって、安藤所長が嘆いていました」

「神原真太郎の葬儀のほうは、どんな具合だったのですか？」

「今も申し上げたように、神原真太郎さんは、死刑囚とはいえ、二人もの人間を、殺したので、自分は、ここで自刃する。このことは、私の家族にも友人にも、知らせないでほしい。そういわれたので、所長は、それを守っているといっています」

「しかし、一部の新聞に、小さな記事ではありますが、この事件のことが報道されていますね。二月十日、道北拘置所で、数人の死刑囚が暴動を起こした。そして、二人の死刑囚が殺され、三人が負傷して、この暴動は鎮圧された。そう書いてあるだけで、神原真太郎のことは、何も、出ていないのですよ」

「それは、中央新聞のことでしょう？　どうしてだか、分からないのですが、二月十日の夜に、中央新聞の記者から道北拘置所に、電話がかかってきて、今日、そちらで死刑囚が暴動を起こして、それを鎮めようとした結果、死傷者が出たと聞いたのですが、それは本当ですかと、聞かれたらしいんですよ。安藤所長は、相手が、どうやら確信を持っているらしい、隠しておくことはできないと考えて、事実を認めた上で、大きく扱ってほしくない。それから、亡くなった死刑囚の名前も、出さないでほしい。それを約束してもらえるのなら、真相を話す。そういって、安藤所長は、神原真太郎さんのことも話したそうなんです。ただ、その時には、神原真太郎さんは、死刑囚たちに対して、侍精神を話してもらおうと思って、所長の考えで呼んだ。いわば民間人で、その民間人が暴動を抑えるために、やむなく死刑囚を二人も殺してしまったし、その後、自ら命を絶ってしまった。そういうことなので、できれば、神原真太郎さんのことは、ニュースにしてほしくない。そういったそうなんです。それで、十津川さんが読んだ中央新聞の記事には、神原真太郎さんのことは、載っていないのですよ」

「道北拘置所というのは、死刑囚の数が多いですね？」

「そうです。別名、死への関所という人もいるくらいですから。死刑囚は、ここで過ごし、法務大臣が死刑執行の決定を下すと、死刑が執行されるのです」

「最後に、もうひとつ質問したいのですが、松平優という剣の達人がいます。上野の寛永寺の境内で、三人の男女を斬殺《ざんさつ》、逮捕されて、現在は法廷で、裁かれています。死刑は免れないでしょう。もし、松平優の死刑が確定したら、彼もまた、道北拘置所に、送られるのでしょうか？」

「そうですね。死刑が確定すれば、間違いなく、道北拘置所に送られるでしょうね」

と、相手が、いった。

十津川が、一番聞きたかったのは、そのことだった。

3

十津川は、微笑して、亀井を見た。

「これで、今まで引っ掛かっていたものが、きれいになった。謎《なぞ》が解けたような気がするよ」

「警部を悩ませていた謎というのは、どちらのことですか？　神原真太郎のことですか？　それとも、松平優のことですか？」

「今は、松平優のことだ」

「松平優の、どこが、分からなかったのですか？」

「松平優は、カメさんも知っているように、上野の寛永寺で、三人の男女を、斬り殺した。そのうちの一人は、殺す理由があったと思うのだが、ほかの二人は、いくら、考えても分からない。松平優に、殺す理由があったとは思えないんだ。どうして、そんなことをしたのか？　何しろ、三人もの人間を殺したんだ。現在、公判中だが、間違いなく死刑の判決が下りるだろう。どうして、そんなことをしたのかが、分からなかったのが、今、やっと分かった。おそらく、松平優は、死刑の判決を受けて、今、われわれが問題にしている北海道の、道北拘置所に入るつもりなんだ」

「道北拘置所に行って、どうするつもりなんでしょうか？　道北拘置所には、死刑囚として行くわけでしょう？　そうなれば、法務大臣が、いつ、死刑執行の命令を出すか、分かりませんが、そのうちに、松平優の死刑も、執行されてしまうのではありませんか？　どこが、よく分かった、謎が解けたといわれるのですか？」

「神原真太郎だよ」

と、十津川が、いった。

「神原真太郎は、松平優の父親、松平慎太郎を突きの一手で殺したと考えられています。しかし神原真太郎は、今年二月に起きた道北拘置所の暴動事件で受刑者を二人も殺し、自ら命を絶ったのではありませんか？　松平優が死刑の判決を受けて、道北拘置所に行ったとしても、肝心の神原真太郎は、すでに死んでしまっていますよ」

と、亀井が、いうと、十津川は、

「カメさん、私は、こう考えるんだ。神原真太郎は、死んでいないと」

4

「私は、今までに起きた事件を、前提なしで、最初から考え直してみようと思った」

「それで、何か、新しい発見がありましたか？」

「いや、新しい発見をしたというよりも、事件に対する見方を、変えてみようと思ったんだ。今回の一連の事件では、殺された人間が何人かいる。まず、多摩川の河原で殺された大学の准教授がいる。次に、水戸の、郷土史界のボス的な存在の、五十嵐秀之、六十五歳だ。そして、衆議院の補欠選挙に立候補する予定だった佐々木誠、最後に、上野の寛永寺で殺された梅木清一郎、六十一歳。彼は、アマチュアの歴史研究会のリーダーをやっていた男だ。それから、この四人は、一見すると何の共通項もなくて、バラバラの人間のように見える。だが、歴史に興味があり、刀剣の収集という趣味を持っているという点で、一致していたのではないだろうかと考えた。刀剣の収集という趣味は、それが、高じてくると、何とかして、名刀を手に入れたくなる。この四人も、熊野に住む松平親子が、伊勢村正という名刀を持っていることを知ると、それを手に入れたくなった。彼らに雇われた二人の盗賊が、松平親子の道場に忍び込んだが、伊勢村正を奪おうとして失敗した。その時のゴタゴタで、心臓に持病のあった松平優の母親は、亡くなってしまった。松平優の父親、松平慎太郎は、妻の敵を討とうと考え、彼らが欲しがっている伊勢村正を持って、上京した。その名刀を餌《えさ》にして、妻を死に追いやった泥棒二人、その泥棒を、操っていた本当のワルを見つけようとしたが、逆に、彼らに見つかってしまい、おそらく、誘拐され、監禁されてしまったのだろうと思っている。彼らは、以前から、松平慎太郎とはライバル同士として知られていた神原真太郎を使って、松平慎太郎を殺させたのではないのか。もちろん、尋常に立ち合えば、あんなに簡単に、のどを突かれて、死ぬはずはない。おそらく、監禁されていた時、睡眠薬でも飲まされた挙句に、神原と立ち合ったのではないかと、そう思う。だから、簡単に、まっすぐ、のどを突かれて殺されてしまったんだ。一方、父親が行方不明になった松平優は、その父親を探そうとして、上京してきた。その時に、父親が持っていた、伊勢村正に次ぐ名刀といわれた備前長船を、持ってきた。この長船は、初代の長船ではなくて、地方に散った長船の弟子の作品だろうと、私は、思っている。それでも、かなりの名刀だから、その名刀を、餌にして、父親がどうなったのか、父親が殺されているのならば、その犯人は誰なのかを探ろうとしたのではないだろうかと、私は、考えた。松平優には、横井哲という友人がいて、松平優を助けた。その横井哲は、現職の刑事だから、その刑事であることを利用して、捜査をすることができるし、聞き込みに回ることだってできる。彼が調べ出した四人を、松平優は、次々に殺していったんじゃないだろうか？　そのうちに、父親は、宿敵の神原真太郎に殺されたことを知った。その神原真太郎は、北海道の道北拘置所で、死刑囚の暴動に巻き込まれ、殺人を犯した挙句に、自殺してしまったことを知った。しかし、松平優は、この話を、信じなかったんだ」

「松平優は、どうして、信じなかったのでしょうか？」

「これも想像だが、神原真太郎は、松平優の父親、松平慎太郎とライバル同士だった。二人とも、しんたろうという名前だから、剣の双璧《そうへき》とか、ナンバーワンとナンバーツーとかいわれていたんだろうと思う。松平の息子、優は、父親から、たぶん、神原真太郎のことを、いろいろと聞かされていたんじゃないだろうか？　どんな話を、父親から聞いていたのかは、大体、想像がつく。神原真太郎は、冷酷で、卑怯《ひきょう》で、平気で人を騙す人間だ。そんな話を、父親から、聞いていたのではないかと、私は、思う。

そんな神原真太郎が、簡単に、自殺するとは、優には思えなかったんだろうね。松平優は、母親を死に至らしめ、また、父の失踪《しっそう》に、関係があると思える人間を、次々に殺していった。その中に、安藤拘置所所長の名前が出てきたんだ。それを合わせて考えると、神原真太郎は、まだ生きている。道北拘置所の安藤所長が、神原真太郎を匿《かくま》っているのではないかと、考えたに違いない。道北拘置所は、死刑囚の多い拘置所だし、死刑囚の入るところは、独房だというから、そこに神原真太郎が入っていたとしても、誰も怪しまない。時には、自由に安藤所長の家に、遊びに行っているのではないだろうか？」

「それで、松平優は、わざと三人もの男女を殺したんですね？　死刑は免れることはできず、刑が確定すれば、道北拘置所に送られる。そう考えての、三人の殺害だった。つまり、警部は、そう考えられるわけですね？」

「ほかに、適当な理由が見つからないんでね」

「ひとつ、疑問があるんですが」

「どんな疑問だ？」

「今、警部がいわれたように、松平優は、何とかして、道北拘置所に入りたかったのでしょう。そこで、三人もの男女を殺した。おそらく死刑になるでしょう。それは、間違いないと思います。そして、道北拘置所に入り、神原真太郎を討ち果たす。その理屈は、よく分かるのですが、肝心の神原真太郎のほうは、安藤所長に、匿われているわけでしょう？　一方の松平優は死刑囚ですから、道北拘置所に入ったとしても、自由が利かない。そんなことで、果たして父親の敵が討てるのでしょうか？」

「松平優には、何か、勝算があるのだろうが、私にはまだ、どんな勝算があるのか分からんがね。二カ月後に、松平優の刑が、確定する。その時までには、何とかして、今、カメさんがいった疑問を、解決したいと思っている」

「警部と話しているうちに、もうひとつ、疑問が出てきました」

申し訳なさそうに、亀井が、いった。

十津川は、笑って、

「構わないよ。いったい何が疑問なんだ？」

「今年二月の、道北拘置所の暴動について、中央新聞だけが、小さな記事ではありましたが、記事にしたわけでしょう？　なぜ、中央新聞だけが、このことを知っていたんでしょうか？」

「その点は、まだ、分からないが、これから、中央新聞の社会部の記者に会って、聞いてみようと思っている」

と、十津川が、いった。

中央新聞には、大学時代の同窓生である田島《たじま》がいて、社会部の記者をしている。十津川は、その日、一人で、田島に会うことにした。

田島とは、大学を卒業したあとも付き合いが続いていて、ひとつの約束を取り交わしていた。それは、何か相手から教えてもらいたい時には、夕食を奢《おご》るという約束である。

そこで、今夜は、十津川が、Rホテルの中の、中国料理の店で、田島に奢ることにした。この店のいいところは、小さな個室がいくつもあって、その個室で、ほかの客には邪魔されずに、話をしながら食事を取ることができることだった。

十津川は、食事が始まるとすぐ、単刀直入に切り出した。

「今年の二月十日、北海道の道北拘置所で、死刑囚の暴動が起きた。この事件は、拘置所全体、いや、司法当局全体で、秘密にした。だから、ほかの新聞には、全く載っていなかったのに、中央新聞だけは、扱いは小さかったが、この暴動のことが載っていた。どうして、中央新聞は、気がついたんだ？」

「あれは、ウチの特ダネというよりも、ある男から教えられて、電話で、取材をしただけなんだ」

と、田島が、いった。

「ある男って？」

「君も名前を知っている人間だよ」

と、田島が、いう。

「もしかすると、池袋署の刑事、横井哲じゃないのか？」

「まあ、そんなところだ。実は、二月十日の夜だったんだが、男から電話があってね。北海道の道北拘置所内で、数人の死刑囚が暴動を起こした。騒動自体は、すぐに鎮圧されたのだが、二人の死刑囚が死に、三人がケガをした。そんな話を聞いているのだが、事実かどうかを、確認するために、調べてくれないか？　そんな電話だった。それで、ウチの記者が調べたんだ」

「その電話の時、神原真太郎の名前も、出たのか？」

「もちろん、神原真太郎のことも、電話で聞いていたから、その点も、確認したよ。それで、あの小さな記事ができ上がったんだ。ウチとしては、本当は、もっと大きな記事にしたかったんだが、とにかく、民間人、というのは、神原真太郎のことだが、その民間人が、拘置所内の暴動にからんで、殺人を犯し、その上、自殺してしまった。こういうことは、なるべく内密にしておいてもらいたい。相手がそういうので、ああいう小さな記事に、なってしまったんだ」

「道北拘置所の安藤所長にも、電話取材をしたんだろう?」

「もちろん、したよ。したから、ああいう記事になったんだ。安藤所長は剣道二段で、刀剣の収集もしている。そこで、二月十日に、現代の魔剣の使い手といわれている神原真太郎を呼んで、侍の精神について、死刑囚たちに、話をしてもらうことになった。その話の途中で、問題の暴動が起きて、数名の死刑囚が暴れた。それを抑えたのが、神原真太郎だった。しかし、その結果、二名の死刑囚を殺してしまったし、神原真太郎自身も自殺してしまった。そういう話だった」

「その後、中央新聞は、二月十日のこの事件について、続きの記事を、書いていないみたいだな?」

「ああ、その事件を後追いした記事は、発表していない。今もいったように、安藤所長は、できれば、記事にしないでほしい。記事に書く時にも、神原真太郎の自殺については、伏せておいてほしい。それから、死んだ死刑囚の名前も、遠慮してほしい。何度となくいわれてしまったので、こちらとしても、用心して続きは書かなかったんだよ」

と、いった後、

「ひとつだけ、確認しておくが、まさか、あの記事を読んで、君が捜査をするというわけではないんだろう？　君は、東京の刑事だし、向こうは、二人死んでいるが、これは暴動を抑えるために、やむを得ずやったことだ。ちょうど、講演に来ていた神原真太郎が、持参した名刀、伊勢村正を使って、脱獄しようとした二人を斬って、暴動を抑えたんだ。二人を殺してしまったことを悔やんで、その場で、神原真太郎も自殺してしまっている。伏せろといわれては、書けないからね。まさか、君は、この事件を捜査するつもりなんじゃないだろうね？　たしかに、二人の人間が死んではいるが、すでに終わってしまった事件なんだよ」

田島は、そういって、十津川の顔を覗《のぞ》き込んだ。

「捜査するつもりはないよ」

「それならばいいのだが、ウチの新聞記事が引き金になって、警視庁の刑事が、北海道の拘置所を、捜査するというようなことになったら、大事《おおごと》だからね」

「それなら大丈夫だよ」

と、安心させてから、十津川は、

「あの記事を書く時、安藤久雄についても調べたのか？」

と、きいた。

「ああ、もちろん、調べたよ」

「それで、君の感想は？」

「剣道二段で、今でも毎朝の素振りを欠かさない。モットーは、侍精神だそうだ。そういう点には、感心したのだが、性格とか、友人関係とか、死刑囚に対する態度などを調べてみると、あまり好きにはなれない男だね。権威主義の塊のような人間で、死刑囚に対しても、常に高圧的に出ている。そのほか、刀剣の収集の趣味があって、同じ趣味の人たちとグループを作っているのだが、自分が欲しいと思った名刀は、どんな無理をしてでも手に入れる。そういうところがあって、人には、あまり好かれないという評判を聞いたので、今も、彼に対しては、いい印象を持っていないんだ。実際に会っての取材ではなく、電話取材だから、本当にイヤなヤツかどうかは、分からないんだがね」

と、田島が、いった。

5

その後、二カ月して、松平優に、判決が下りた。やはり、死刑である。

松平優は、控訴《こうそ》をするつもりはないと、いった。

これで、松平優の死刑が確定することになる。

その直後に、十津川は、横井哲に会った。それも、捜査本部に呼びつけての尋問《じんもん》になった。

そのほうが、同じ警察官として、横井が正直に、しゃべってくれるのではないかと、考えたからである。

「昨日、君の友人の松平優に対して、東京地裁の判決が下りた。予想通り死刑だ。松平優は、控訴しないと決めた。このままでは、彼の死刑が確定するのだが、君の感想を聞きたいのだ。友人として、このことをどう思うのかね？」

と、十津川が、きいた。

「そうですね。友人の松平優に、死刑の判決が下りたのは、大変残念です。上野の寛永寺で、三人もの男女を斬り殺してしまったのですから、死刑は、当然のことで、仕方がないとは思うのですが、私はぜひ、松平優の精神鑑定をしていただきたいのですよ。彼は、たしかに剣の達人ですが、まだ二十五歳です。その上、母親は亡くなり、父親は上京したまま、行方不明に、なってしまい、彼の精神状態が、非常に不安定だったことが想像できるのですよ。ですから、精神鑑定を、していただきたいのです」

「私が聞いたところでは、松平優自身は、精神鑑定を、希望してはいない。拒否しているらしいよ」

「ええ、そのことは、私も知っています。しかし、何とかして、彼を助けたいのですよ」

「君は、何としてでも、友人である松平優を助けてやりたい。そう考えているわけだな？」

「はい。そうです。今も申し上げたように、彼は、稀《まれ》に見る剣の達人なんですよ。二十五歳と年齢は、まだ若いですが、立派な人間ですし、性格も真面目《まじめ》です。ですから、私は何としてでも、彼を助けてやりたいのです」

「君の気持ちはよく分かるが、それは、ちょっと無理じゃないのかね？　君だって、三人もの男女を、斬り殺しているのだから、松平優の死刑は、当然だと、思っているはずだ」

「ええ、たしかに、それは分かっているんですが」

死刑が確定すると、松平優は、間違いなく、北海道の道北拘置所に送られることになるだろう。そこは、全国でいちばん多く、死刑囚が収容されている拘置所である。

その道北拘置所の所長は、安藤久雄という五十八歳の男だという。彼は剣道二段で、大学時代には、東京の大会に出場して四位になったこともある。それに、刀剣の収集家でもある。

「君は剣道四段だから、安藤久雄のことは知っているのではないのか？」

と、十津川が、きいた。

「安藤久雄という名前だけは知っていますが、私とは、年代の開きがありますから、正直いって、どういう男なのか知らないのですよ」

「今年の二月十日に、この道北拘置所で、受刑者数人による暴動があったんだが、このことは知っているかな？」

「いえ、全く知りません。それがどうかしたのですか？」

「拘置所がというより、当局全体として、この不祥事は、何とかして内密にして、外に漏れないようにしたかった。それなのに、なぜか、中央新聞だけが、電話で問い合わせてきたそうだ。二月十日の夜遅く、今日そちらで、死刑囚による、暴動事件が起きたそうだが、そのことについて話していただきたい。そういう電話だったと、いっているんだ。中央新聞に友人がいるので、この件について問い合わせてみたら、これは、自分のところのスクープではなくて、電話がかかってきて、男の声で、道北拘置所で死刑囚の暴動があり、二人の死刑囚が殺されたそうだが、そのことを知っていますかと聞かれた。しかし、電話を受けた中央新聞の記者は、当然のことながら、知らなかったそうなんだ。それで、本当の話なのかと聞くと、本当かどうかは、そちらで、拘置所に確認してくださいそういって、電話を切ってしまったというんだ」

と、いったあと、十津川は、一瞬、言葉を切って、

「もしかすると、この電話の主は、君じゃないのかね？」

「私ではありません。私は、日本にいくつ拘置所があるのかも、知りませんし、道北拘置所という拘置所が、どんなところかも、知らないのですから」

「しかしね、君は現職の刑事だ。その上、君は剣道四段で、全国大会に出たこともある。その点、君と道北拘置所の安藤所長と、剣道を通じて、交流があったとしても、不思議はない。それに、君は、松平優に頼まれて、いろいろと、調べているのではないかと、私は、考えている。だから、君は今年の二月十日に、神原真太郎が、道北拘置所で講演をすることも、安藤所長が刀剣の収集家であることも知っていた。その関係で、君は、道北拘置所の暴動についても知っていたと、私は、考えている。ただ、詳しいことは、君にも分からなかった。そこで、所長の安藤久雄に、電話をかけて確認し、さらに、中央新聞をけしかけて、道北拘置所の取材を、させたんだ」

「私が、何のために、そんなことをしなければ、ならないのですか？」

横井が、眉《まゆ》を寄せて、十津川を見つめた。

「君は、松平優の友人だ。松平優は君より若いが、剣の上では、彼は君よりも強く、君は、彼のことを、尊敬している」

「それは、当然でしょう。剣の道に、年齢の差なんてありませんよ。若くても、あれほど腕が立てば、誰だって、自然に尊敬するようになってしまいますよ」

「だから、君は、松平優の頼みを拒否できなかったんだろう？　今もいったように、君は、安藤所長とは、以前から付き合いがあったんだ。電話で話し合った時に、今年の二月十日に神原真太郎を呼んで、侍魂について、死刑囚たちに、講演してもらおうと思っている。そういうことも、君は、事前に聞いていたんじゃないのか？　そのことを、君は、松平優に、会って、話したんじゃないのか？　当然、松平優は、神原真太郎が、現在、どうなっているかを知りたがる。神原真太郎は、父親の敵だからね。君は、神原真太郎のことや、北海道の道北拘置所での、暴動事件のことなどを話したんじゃないのか？　君は、神原真太郎について、松平優から、いろいろと聞いていたんじゃないのか？　自分の父親は、どうやら、神原真太郎に殺されたらしいといったに違いないし、神原真太郎の性格や経歴、考え方などを、松平優から聞いたんじゃないのか？　その神原真太郎は、二月十日に自殺したといわれているが、君は、それを信じなかった。君から話を聞いた松平優も、信じなかった。たぶん、その理由は、神原真太郎の性格とか、日常の言動などから考えて、こんなことで彼が自殺するとは、とても思えない。とすると、今も道北拘置所のどこかに、所長の安藤によって、匿われているのではないかと、そんなふうに君は思ったし、松平優も思ったはずだ」

6

「神原真太郎が生きているとすれば、道北拘置所の中か、敷地内にある安藤所長の家に匿われているに違いない。松平優は、そう考えたんだ。そこで、神原真太郎を探すためには、自分も死刑囚として、道北拘置所に入らなければならない。そう考えた松平優は、上野で三人の男女を斬り殺した。死刑はまず確実で、道北拘置所に送られる。それを計算しての、松平優の行動だったと、私は、考えている」

「なるほど。警部は、そういうふうに、考えておられるのですか？」

「ほかに、考えようがないんだよ。一連の事件を冷静にふりかえると、自殺したといわれているが、それは、神原の今までの行動や性格、経歴などから見ても、まず考えられない。となると、道北拘置所のどこかに、匿われているに違いない。君はそう考え、松平優もそう考えて、今回、彼は事件を起こし、死刑を宣告されたんだ。予想通りの展開じゃないのかね？」

十津川は、まっすぐ、横井を見つめた。

「警部がいうように、事件の裏を考えてみると、ひょっとして、警部の考えたストーリーが当たっているかもしれません」

横井が、急に、肯《うなず》いて見せた。

「君が今、神原真太郎という剣の達人について、どう思っているのか、それを、教えてくれないか？」

その質問に、横井は、当惑の表情になりながら、

「神原真太郎が、剣の達人であることは、よく知っております。ただ、人望がないのですよ。二、三年前でしたかね。神原真太郎が、果たして、どのくらい強いのかを検証しようと、彼が、日本全国の、道場を訪ねていき、そこの道場主と試合をするというテレビの番組があったのです」

「それで、その番組の結果として、神原真太郎が、実際に強かったのか、それとも、評判ほどでもなかったのか、そのどちらだったんだ？」

「いや、やはり強かったですよ」

「ということは、竹刀で立ち合ったのか？」

「その通りですよ」

「神原真太郎は、相手ののどを突いて、勝ちを収めた？」

十津川が、きくと、横井は、笑って、

「半分は金儲《かねもう》けのために、神原真太郎は、その番組の中で、試合をしているわけですから、相手ののどを突いたりはしませんよ。たとえ竹刀でも、神原の突きは危険なんです。だから、神原も、適当に試合をしていましたね。ほとんど、のどは突きませんでしたから。面と胴と小手だけで、どんどんと道場破りをしていきました」

「君は、松平優の実力も、よく知っているはずだ。神原真太郎と松平優が試合をしたら、どちらが勝つと思うかね？」

「それは、真剣を使っての試合ですか、それとも、竹刀を使っての試合ですか？」

「道北拘置所で、真剣を使っての試合はできないだろう？　それに、竹刀では迫力がない。だから、たぶん、木刀での試合になると、思っている」

「木刀でしたら、神原の突きが成功すれば、彼の勝ちですね。それが失敗したら、松平優が勝つと、思っています」

どうやら、中央新聞に電話をして、道北拘置所内での暴動事件のことを教えたのは、横井哲らしい。そのことを、本人は否定してはいるが、おそらく、そう考えてもいいだろう。

7

ただ、このあと、どうしたらいいのか、十津川にも見当がつかなかった。

そこで、捜査会議で、十津川は、三上本部長に、自分の考えと現在の悩みを、そのまま話した。

「松平優の公判ですが、予想通り、死刑の判決が下りました。松平優には、控訴する気が、全くありませんから、死刑が確定します。現在、日本中の拘置所で、死刑囚が、収容されている人数がいちばん多いのは、北海道の道北拘置所です。松平優も、この道北拘置所に送られるでしょう。ところが、この道北拘置所ですが、所長の安藤久雄は剣道二段で、刀剣の収集家としても知られています。今年の二月十日、安藤所長は、魔剣の使い手として知られている神原真太郎を招いて、死刑囚たちに、侍精神についての講演をしてくれと依頼し、神原もそれを承知して、道北拘置所で、講演が行われました。その講演中に、数人の死刑囚が暴れ出し、一時は彼らによって、所長室も占拠されてしまいました。講演をしていた神原真太郎は、すぐに講演を中止し、暴動を企てた五人の死刑囚のうちの二人を、自分が持参した名刀、伊勢村正で斬り捨て、ほかの三人にも、ケガをさせました。暴動は鎮静化されてしまったのですが、神原真太郎は、二人も殺したことの責めを負って、自殺してしまったといわれています。ところが、神原真太郎は、自殺しては、いないと、思われるフシがあるのです。神原のことを知っている人間は、誰もが、彼が権力志向の強い人間であり、自分が、暴動を起こした死刑囚を二人斬り殺したとしても、それを苦にして自殺するような、そんな精神の持ち主ではない。むしろ逆に、自分が暴動を鎮圧したということで、自慢するはずである。そういう声が、強いので、神原真太郎が、自ら死を選んだとは、思えないのです。神原が死んでいなければ、神原真太郎は、道北拘置所か、安藤所長の官舎に、匿われているのではないか？　それを見越しての、松平優の行動ではないか？　私は、そう考えているのですが、このままで行けば、道北拘置所の中で、また、殺人が起こる可能性があります。それをどうやって防いだらいいのかが、まだ分かりません。それで、本部長のご意見をぜひともお伺いしたいと、思っているのです」

第八章　最後の試合

1

　地球温暖化が叫ばれるようになった今でも、北海道の道北拘置所の夏は短い。八月も半ばを過ぎると、いわゆる、秋風が吹き始めて、刑務所の周辺も、めっきりと秋らしい景色になってくる。

　八月十七日、道北刑務所の安藤所長に、東京から会いに来た男がいた。

　男の名前は、横井哲といった。

　安藤所長は、彼自身が、剣道二段であり、刀剣収集の趣味もあるので、横井哲のことは、よく知っていた。たしか、東京の池袋署の刑事で、今年一月に行われた、全日本剣道選手権大会で優勝したはずである。

安藤所長は、まず、今年の全日本剣道選手権大会で、横井哲が優勝したことに、賛辞を送ったあとで、

「私も剣道が好きですから、あなたのことは、よく知っていますよ」

と、笑顔になった。

「ところで、今日は何のご用でいらっしゃったのですか？」

安藤が、きく。

「今日は、安藤所長にお願いしたいことがあって、参りました」

横井は、丁寧な口調で、いい、

「これに、目を通していただけませんか？　大西《おおにし》警視総監から、あなたに宛《あ》てた手紙です。読んでくだされば、私が、今日、こちらに来た理由もお分かりになると思います」

と、いった。

「警視総監からの手紙ですか？」

と、安藤が、いいながら、横井から封書を受け取った。

今時にしては珍しい、毛筆で書かれた手紙だった。たしかに、封書の表には、「北海道　道北拘置所　安藤久雄所長殿」とあり、差出人のところには「警視総監　大西

鍊太郎《れんたろう》」と、あった。

「拝見します」

と、安藤は、いい、読み始めた。

「私は、高校時代から剣道を習い、五十五歳の今日、日本剣道会の理事長を務めております。

私の父は、鹿島新当流の剣士でした。その流れで、私も、鹿島新当流を学んでおります。

ところが、最近は、鹿島新当流を学ぶ人が少なくなってしまいました。

ご存じかもしれませんが、殺人事件を起こして死刑の判決を受けた松平優の父親、松平慎太郎は私の父の古くからの友人で、鹿島新当流の隠れた名人でした。

その息子である松平優は、私が見てきた数多くの剣士の中で、今のところ、現代において、鹿島新当流の最高の名手ではないかと思っております。

松平優は、二十五歳と若いにもかかわらず、その腕は素晴らしく、私から見て、鹿島新当流の正統な伝承者であると思われます。

その松平優が、刑事事件を起こし、死刑の判決を受け、あなたが所長をしておられる道北拘置所に収監されたと、聞いています。彼の死刑が執行され、鹿島新当流の免許皆伝の腕や、あるいは、その形を残さずに死んでしまうのは、あまりにも惜しい。そこで、安藤所長に、お願いがあります。

あなたも、剣道二段で、剣の道に詳しく、また、剣道こそ最高の武術であると考えておられることを聞き、ぜひ、松平優の死刑が執行される前に、所内で、松平優と、彼に負けないほどの腕を持った達人とに、試合をさせて、それをビデオカメラに収めて、失われようとしている鹿島新当流の神髄をこの世に残していただきたい。私は、そう願っているのです。

ぜひとも、それに協力していただきたい」

安藤所長は、手紙を読み終わると、

「分かりました。たしかに、死刑囚、松平優は、現在、この道北拘置所に、収監されています」

と、横井哲に、いった。

その目が光っているのは、安藤所長もまた、剣道二段で、自分がある程度の剣道の腕を持っているからだろう。

安藤は、言葉を続けて、

「念のために確認させてください。手紙にありましたが、あの松平優は、本当に、それほどの剣の達人ですか？」

と、横井に、きいた。

「おそらく、現在の日本剣道界を見渡してみて、松平優は、最高の剣士だと、私は思っています。彼以上の腕を持つ剣士は、この日本には、一人としていないといってもいいでしょうね」

横井が、褒《ほ》めあげた。

「しかし、今まで、その名前をあまり聞きませんでしたが？」

「松平優の父親、松平慎太郎は、その手紙にもあると思うのですが、鹿島新当流の達人でした。ところが、熊野の小さな村に、自ら、小さな道場を開き、息子の松平優と、日々、剣の道を究《きわ》めようと修行に励んでいました。そのため、表舞台には、ほとんど出たことがありませんでした。松平慎太郎や、松平優の名前が知られていないのは、そのせいでしょう」

「松平優ですが、あなたと比べて実力のほどは、どうですか？　あなたは、今年の全日本剣道選手権大会で優勝された、いわば現時点での日本一の剣の達人ではありませんか？　そのあなたと比べて、どうですか？　松平優は、本当に強いのですか？」

安藤が、首をかしげると、横井は、小さく手を振って、

「私など、遠く及ぶところではありません」

「それは、あまりにも、謙遜《けんそん》が過ぎるのではありませんか？」

「そんなことはありません。私の剣は、あくまでも、練習に練習を重ねて、ようやくつかんだものですが、松平優の剣は、持って生まれた才能というのでしょう。あそこまで天才的な技量の持ち主にお目にかかったことがありません。私のような普通の人間が、いくら練習を重ねても、到達できるようなレベルではありません。力が、あまりにも違いすぎますから」

横井は、続けて、

「安藤所長は、死刑囚の中に剣の達人がいると、所内で試合をさせ、それを、死刑囚や、あるいは、職員に見学させ人々の心を爽《さわ》やかにしていると、聞いたのですが、本当ですか？　もし、そうなら、今回もぜひ、松平優に、試合をさせていただきたいのですよ。大西警視総監の手紙にもあると思うのですが、私から見ても、松平優という男は、間違いなく、鹿島新当流の名人です。その腕、その境地を、何とかして、この世に残したいのです。それで、私は、ビデオカメラも、用意してまいりました」

と、横井が、いった。

「剣道日本一の、横井さんに、そこまでおっしゃられると、私もぜひ、松平死刑囚の腕を見たくなりました。できれば竹刀《しない》ではなく、木刀による試合、それを見たいのですが、この所内には、相手がいません。横井さん、あなたが、松平優の相手をしてくださればいちばんいいのではありませんか？」

安藤所長が、いうと、横井は、また、手を横に振って、

「いや、今も申し上げたように、私の剣の腕は、あくまでも、練習で作ったものです。松平優のような、生まれついての、天才的なものではありません。たぶん、松平優は、私と試合をしても、力を、抜いてしまうでしょう。それでは、鹿島新当流の伝承にはなりません」

「そうですか。私としては、何とかして、松平死刑囚の試合を見てみたいと思うのですが、相手がいないというのでは、困りましたね」

安藤所長が、いかにも残念そうに、いう。

「安藤所長は、これまで、いろいろな方と剣道について、話をされたことがおありかと思います。もし、安藤所長が、素晴らしい剣の達人を知っていらっしゃるのならば、その人に、お願いして、松平優と試合をさせていただけませんか？　そうなれば、大

変な、歴史的な試合になるし、鹿島新当流の神髄が、見られるのではないか？　そう思って、楽しみにしてきたんですが」

横井もまた、残念そうな顔で、いった。

「そうですね。何とか考えてみましょう。少し時間を、いただきたい」

と、安藤所長が、いった。

2

安藤所長は、横井哲に、近くの旅館を世話したあと、所長室に、死刑囚松平優を呼んだ。

「君は、今年の全日本剣道選手権大会で優勝した、東京池袋警察署の、横井刑事は、知っているかね？」

「ええ、知っています。素晴らしい剣の使い手です」

「もし、君が、横井刑事と、試合をしたら、どういうことになるのかね？　君の二連勝かね？」

安藤所長が、きいた。

「正直に申し上げて、私の、二勝一敗で終わると思います」

と、松平が、答えた。

その返事に、安藤所長は、首をかしげながら、

「私は、一応、剣道二段なのだが、もし、君と私が試合をしたら、どういう結果が出るだろうか？　君の二連勝かね？」

と、きいた。

今度は、松平は、微笑して、

「私の二勝一敗でしょう」

と、いった。

その答えを聞いて、安藤所長は、ムッとした顔になった。

「私は剣道二段だが、すでに、五十八歳だよ。横井刑事は、まだ三十代の若さで、今年の全日本剣道選手権大会で、優勝しているんだ。その二人を相手にして、同じように、二勝一敗だというのは、いったい、どういうわけかね？　私を、からかっているのか？」

「いいえ、とんでもない。ただ、亡くなった父は、私に、こう教えてくれました。真剣勝負は、負けたほうが死ぬ。しかし、試合の場合は、どちらも死ぬことはない。そ

のため、完敗すれば、恨みを抱く。だから、三本勝負を挑まれたら、二本を勝って、一本は譲る。そうしておけば、恨まれることはない。常々、父に、そう教えられてきました。ですから、三本勝負を挑まれたら、二本は必ず勝ち、一本は相手に譲る。そうすることに、決めているのです」

「なるほど。三本勝負で二本は勝ち、一本は譲るか。なかなか、相手に配慮した考えじゃないか」

安藤所長は、しゃべりながら、机のそばに置いてあった木刀に手をかけ、いきなり、松平優の頭めがけて、振り下ろした。

松平は、その木刀の切っ先を避けようともせず、反射的に、両手で挟み込んだ。

安藤所長は、そのまま押し切ろうとするのだが、松平が、両手で挟んだ木刀が、ビクとも動かない。

「失礼いたします」

そういって、松平は、両手で、木刀を挟んだまま、ゆっくりと、相手を押していった。

たちまち、安藤は、所長室の壁に押しつけられてしまった。

「鹿島新当流剣技のひとつです」

松平は、相手の木刀を両手に挟んだまま、軽く足払いをした。

途端に、安藤の身体《からだ》が、ものの見事に床に転がった。

3

翌日、横井が旅館で目を覚まし、朝食を食べていると、安藤所長から、電話が入った。

「警視総監のご要望ですから、むげにはできません。それで、いろいろと、当たってみたのですが、私の友人の一人が、松平優死刑囚と、試合をしてもいいと、いっています。午後一時に、こちらに来ていただけませんか？　その時に、松平死刑囚と、私の友人との試合を、お見せしますから、それを、ビデオで撮ってください」

と、安藤が、いった。その声は、明らかに怒っていた。それが分かって、横井は、思わずニヤッとした。

横井が、時間どおりに、道北拘置所に出かけると、安藤所長は、待ちかねていたように、所長室に、案内した。

「松平優の相手が決まったというのは、本当ですか？」

「いろいろと、探しましたが、やっと、見つかりました。いい試合になると期待していますよ」

「相手をするのは、ここの死刑囚か、所員ですか？」

「いや、私の友人です。剣道の腕は、たしかですよ」

「どういう経歴の人ですか？」

「実は、ある流派の免許を受けているのですが、他流試合を一切、禁じられているのです。特に、試合をビデオカメラで写すとなると、あとで問題になり、私の友人は、破門されてしまうかも、しれません。それでも、私は、何とか、試合を実施したいのです。あなたのいう、鹿島新当流の神髄というのを、ぜひとも、拝見したいのですよ。それで、申し訳ないが、私の友人は、名前を名乗りません。それから、顔が、分かってしまうとまずいので、覆面をして立ち合いたい。友人は、そういっているのですが、それでも、構いませんかね？」

「構わないと、思いますが、気になるのは、その方の実力です。腕のほうは、たしかですか？　できれば、松平優と対等に戦えるぐらいの腕前の持ち主がいいのですが」

「大丈夫です。腕前のほうは、私が保証しますよ」

「その友人の方は、安藤所長と、戦ったことがあるのですか？」

「二年ほど前に一度だけありますが、もちろん、私の、完敗でした。全く問題になりませんでした」

「それほどの達人ですか？」

「自分の友人を褒めるのは、おかしいですが、私が、今までに知り合った剣士の中では、間違いなくナンバーワンでしょう。飛び抜けて強いです」

と、安藤所長が、いった。

「それならば、いい試合が見られて、鹿島新当流の極意が、自然に、ビデオの中にはっきりと表れると、私は確信しました。これは、全て安藤所長のおかげです。ありがとうございます」

と、横井は、褒め上げた。

刑務所の中庭に、試合の舞台が、手早く設営された。

通常の警備に必要な所員を除いて、選ばれた二十人が、試合を見ることになり、また、死刑囚のほうでも、二十人が、試合を見ることを、許されることになった。

中央に審判席が、設けられ、そこには、安藤所長が座り、隣には、横井哲が、用意された椅子《いす》に腰を下ろした。

やがて、二人の剣士が、看守に案内されて姿を現した。

一人は、松平優である。白と黒の剣道着を身につけている。

「剣道着は、私が用意しました」

と、安藤が、小さな声で、横井に、いった。

久しぶりに見る松平優は、少しばかり痩《や》せて、顔が青白いが、それ以外は元気そうに見えた。

反対側からは、同じように、剣道着をつけた背の高い男が、登場してきた。

ただし、覆面をしているので、顔は分からない。

横井は、松平優には、一切、声をかけなかった。そのほうがいいだろうと、思ったからである。

二人の剣士は、審判席に座っている安藤所長の前まで来ると、用意された二本の木刀のどちらを選ぶかを、決めることになり、くじ引きになった。

くじ引きに勝った松平優は、普通の長さの木刀を選び、覆面の男は、少し長めの木刀を、選択した。

その二人に、安藤所長が、試合前の注意を与えた。

「所長としての私から、君たち二人にいうことはひとつしかない。正々堂々と戦うこと。これだけである。竹刀ではなく、木刀で戦うが、打ちどころが悪ければ、大ケガをする。二人ともあくまで型を見せるということを忘れぬように」

用意された太鼓が、所員によって叩《たた》かれて、それが、試合開始の合図だった。

松平優も、身長が百七十五センチはあるのだが、相手は、それよりも頭一つ大きく、優に百九十センチはある。

普通、それだけの身長があれば、大上段に振りかぶるものだが、覆面剣士は、長い木刀を、下段に構えている。

それに対して、松平優は、上段に構えていた。

そのままの姿勢で、二人とも動かない。

松平が、摺《す》り足で前に進めば、覆面剣士のほうは、それに合わせるかのように、後ずさりをする。

逆に、覆面剣士のほうが前に進めば、松平優のほうが、後ろに下がる。

横井は、用意してきたビデオカメラを構えた。

二人の足が止まり、上段の構えをしていた松平優が、正眼《せいがん》の構えを取り、それを見て、覆面剣士のほうも、下段から正眼になった。

次の瞬間、木刀と木刀が触れて、乾いた音を立てた。

二人は、はじかれたように、飛びのいて、前と同じく、上段と下段の構えに戻った。

横井は、ビデオカメラのレンズを、覆面剣士に向けた。

（強い）

と、横井は、思った。

下段の構えに、余裕があるのだ。

上段に構えた松平優のほうが、緊張しているように見えた。それでも、覆面剣士のほうを見ると、自分のほうから、仕掛ける様子はない。

（なぜなのか？）

横井は、首をかしげた。

今ならば、覆面剣士のほうが、勝つ確率が高いだろう。そう思ったのだが、覆面剣士は、一向に、仕掛ける気配がない。

しばらく、見ているうちに、理由が、横井にも分かった。

上段に振りかぶった松平優に、余裕がないように見えるのは、ひとつのことしか考えていないように、見えるからだった。

下段に構えた覆面剣士が、仕掛けた場合、松平は、それを避けずに、相打ちの形で、上段に振りかぶった木刀を振り下ろす。

相打ちならば、上段から振り下ろす力のほうが強い。

（松平優は、明らかに、相打ちを狙《ねら》っている）

横井は、そう感じた。

覆面剣士にも、それが、分かるのだろう。だからこそ、腕に自信があるのに、自分のほうから、仕掛けていかない。いや、いけないのだ。

そのまま、時間ばかりが、経《た》っていく。

時間が経っていけば、下段の覆面剣士よりも、上段に、振りかぶっている松平のほうが、疲労の度合いが、強いだろう。

覆面剣士の目が、かすかに、笑ったように、見えた。

おそらく、彼も、

（このまま時間が、経っていけば、松平優のほうが疲れるだろう。さすれば、自分のほうが優位に立てる）

そう思って、笑ったに違いなかった。

試合が開始された時、真上にあった太陽が、ゆっくりと、動いていく。

覆面剣士が立っている場所が、少しずつ陰っていく。次第に、覆面剣士の姿が、影になっていく。

それを待っていたかのように、突然、覆面剣士が、

「おりゃあー」

と、叫び、下段に構えた木刀を中段に直しながら、体ごと飛躍した。

木刀の切っ先が、松平優ののどを狙う。

「あッ」

悲鳴に似た声が、見物人席から、上がった。

松平優が、身体ごと相手の木刀を躱《かわ》すのか、それとも、木刀で払うのか。ところが、松平は、鋭い相手の切っ先を躱そうとしなかった。

躱す代わりに、松平は、左手で、いきなり、その切っ先を、つかんだのだ。それでもなお、切っ先は、松平ののどの辺りに触れ、一瞬、松平が、小さな呻《うめ》き声を上げたように見えた。それでも、覆面剣士は、狼狽《ろうばい》し、木刀を引こうとした。

次の瞬間、松平は、左手で相手の木刀をつかんだまま、右手一本で、木刀を相手に向かって振り下ろした。

凄《すさ》まじい音と悲鳴が起きた。

覆面の上からの一撃だったが、頭が割れ、猛烈な勢いで血が噴出した。

覆面剣士の大きな身体が、崩れるように、ドッとその場に、倒れた。

一方、松平優も、次の瞬間、その場に、ヒザをついてしまった。よく見ると、のどから血がにじみ出ている。

覆面剣士のように、血が噴出していないのは、おそらく、わずかに急所をそれて、覆面剣士の木刀の切っ先が、のどの真ん中を、えぐることはなかったからだろう。

相手の木刀の先が、のどを狙った時、松平が左手で、相手の木刀の先をつかんだ。それは、相手の予想外だったため、二、三センチ、狙いがずれてしまったのだろう。

覆面剣士は、倒れたままピクリとも動かず、頭から血が流れ続けている。誰も彼もが、茫然《ぼうぜん》として、近寄ろうとはしない。

そんな時、横井は、椅子から立ち上がると、まっすぐ、倒れたままの覆面剣士の傍《そば》に寄っていった。

手を伸ばして、血まみれの覆面を脱《ぬ》がした。

その時、しゃがみ込んだままの松平が、横井に向かって、何かいった。が、聞き取れない。のどを突かれて、声が出ないのだ。

そんな松平に向かって、横井が、大きな声で、

「間違いない。神原真太郎だ」

と、いった。

松平が、小さくうなずいている。

　さらに、横井が、

「神原真太郎は、死んでいる。即死だ」

と、これも、大声で、いった。

　安藤所長が、横井の傍にやって来て、

「何をしているんですか」

と、咎《とが》めるように、きいた。

「私は、刑事ですよ。目の前で殺人が行われた。捜査をするのが、私の役目です」

と、いい、

「ここに倒れて、死んでいるのは、安藤所長の友人ですか？」

「ええ、そうです。私の友人です」

「そうですか？　私が見たところ、神原真太郎としか、見えませんね。神原真太郎は、この拘置所で暴動があった時に、二人の死刑囚を殺して、その後、自ら命を絶ったと聞いているのですが、この男は、どう見ても、神原真太郎ですね？」

　横井が、きくと、安藤所長は、黙ってしまった。

　数分経っても、相変わらず、所長は、黙ったままだ。

　横井は、止《とど》めを、刺すように、

「これは、問題になりますよ。私が知っている限り、神原真太郎は、安藤所長、あなたが主催して葬式を行った。それなのに、生きていたんですからね。どう考えても、あなたが、二人の死刑囚を殺したことで、裁判にかけられるべき神原真太郎を、自刃したことにして弔《とむら》い、自分の友人として野放しにしていたんじゃありませんか？　これは明らかに、刑事問題になりますよ」

と、いった。

4

安藤所長が、この事件の、後始末をつけられなくなってしまったので、横井が、当事者として記者会見を開き、事件についての説明をすることになった。

そのあと、横井は、手紙を書いてくれた大西錬太郎警視総監に報告をしに行った。

「何でも、かなり壮絶な試合だったそうじゃないか？」

「ええ、それはもう、今まで見たことのないような凄まじいものでした。どんな試合だったのかは、ビデオカメラで撮ってありますので、後ほど、ご覧になってくださ い」

そういって、横井は、ビデオテープを、警視総監の大西に渡した。

次に、横井が、会ったのは、十津川警部である。二人は、警視庁の近くの、レストランで会った。

横井は、十津川にも、試合の模様を収めたビデオテープを渡した。それは、大西警視総監に渡したものと同じテープである。

「やはり、神原真太郎は、生きていたんだな。だから、松平優が、父親の敵を討つことができた」

と、十津川が、いった。

「そうです。警部も、神原真太郎が死んだとは、思っておられなかったのですね？」

「そうだな。たしかに、私も、神原真太郎が自刃したり、安藤所長が、その葬儀をしたと聞いたが、何かあるとは思っていたんだ。神原真太郎の経歴を見ると、責任を取って、自ら自刃するような人間ではない。そう思ったからね。だから、たぶん、生きている。何人もの人間を、殺した自分を、この世から抹殺して自由に生きたい。神原真太郎は、そんなふうに考えたんだ。そこで、剣道が好きで、刀剣を集める趣味も持っている安藤所長が、それを助けた。ワルが、ワルと組んだんだよ。たぶん、松平優も、同じように考えたんだろうな」

「警部も前におっしゃったように、私も松平優も、同じように考えました。特に松平は、最後に三人もの人間を殺して、死刑の判決を受け、道北拘置所に行けば、そこに、親の敵の神原真太郎がいる。そう思って、わざと殺人を犯し、死刑の判決を受けたんだと、私は思いました」

「松平優が、家賃三十万のマンションに、住んでいると聞いた時、どうもおかしいと思ったが、松平優は、自分の命を捨てる覚悟で、金目のものを処分して、上京したのだろう。家財の中には、伊勢村正や備前長船とはいかないまでも、売却すれば、そこそこの値がつく、刀や武具があったはずだから、ある程度の金銭は持っていたんだな。それにしても、神原真太郎が試合を拒否するか、安藤所長が、反対すれば、松平優が、親の敵を討つ試合は、できなかったわけだろう？」

「私が安藤所長に、松平優が、いかに剣の天才か、達人かを、少し大げさに、褒め上げておきましたからね。今回の事件が終わったあとで、松平優と、話すことができたのですが、私が、松平優のことを褒め上げたあと、安藤所長は、密《ひそ》かに、松平優を所長室に呼んで、いろいろと質問をしたそうです。最初は、すでに、死んだことになっている神原真太郎と松平優の試合は、やらないことに、決めていたんだと思いますね。試合で、神原真太郎が勝ったとしても、下手をすると、安藤所長が自分勝手に、殺人者の神原真太郎を、かばったことが、バレてしまう恐れがありますからね」

「そうだな」

「それで、松平優は、わざと安藤所長に対して、自分がいかに天才かを自慢し、どんな相手に対しても、三本勝負では二本勝ち、一本は相手に譲る。そんな話をしたそうです。安藤所長は、松平優の腕を試そうとして、用意した木刀で、いきなり、松平の面を打ったそうなんですよ。松平は、それを苦もなく両手で押さえ、そのまま安藤所長を壁のところまで押しつけていって、足払いで倒したそうです。わざと辱《はずかし》めたといっています。自尊心の強い安藤所長は、松平優に対して、激しい怒りを感じたと思います。それで、試合の相手として、神原真太郎を出すことにしたんですよ。自分に対して無礼を働いた松平優を、神原真太郎が叩きのめしてくれれば、気持ちが晴れると、考えたに、違いありません。ただ、松平優の相手は、他流との試合を禁じられた流派の剣士なので、覆面をして、戦うことを許してほしいといって、神原真太郎の正体を隠すという、用心はしていましたね。この試合が、安藤所長によって、成立した瞬間から、私には、相手が、神原真太郎だと、分かりました。たぶん、松平優にも、分かったんでしょう。拘置所内での試合ですから、あくまで剣技を競うという名目でしたが、最初から、松平は、神原真太郎を殺すつもりで、この試合に、挑んだと、思っています」

「試合では、神原真太郎が、得意の突きでのどを狙った。その木刀を松平優は、いきなり左手でつかんで、残った右手一本で、神原真太郎の頭を、叩き割った。新聞やテレビは、そう報じているんだが、その通りなのか？」

「その通りです。私も最初は、どう戦うのか、分かりませんでした。それで、神原真太郎が、下段の構えから、松平優ののどを狙って、跳躍した時には、一瞬、目をつぶってしまいましたよ。ところが、松平優が、いきなり左手で、相手の木刀の切っ先をつかんだでは、ありませんか！　もし、躱していたら、身体がよじれて、次に突きがきたら躱せなかったと思います。ところが、松平は、相手の突きを躱さずに、切っ先をつかんだんです。あれには、ビックリしましたね。神原真太郎も驚いたはずです。狼狽して木刀を手元に引こうとしたんです。それに乗ずる形で、松平優が右手一本で、神原真太郎の面を、打ったんです。そのわずかな戸惑いが、神原真太郎の敗因でしたね。右手一本でも、上段から振り下ろした松平優の木刀の威力は、ものすごいものがありましたよ」

「神原真太郎は、即死だったそうだな？」

「ええ、そうです。即死の状態でした」

「ところで、これから松平優は、どうなるんだ？」

「別に変わりません。すでに、死刑の判決を受けていますからね。法務大臣が断を下せば、一週間後でも、一カ月後でも、一年後でも、松平優の死刑は、ただちに、執行されることになります」

「そうか、これが小説とか、芝居ならば、松平優は、助かるんだろうがね。やはり、現実の世界では、そうはいかない」

「松平優は、その覚悟で、殺人を犯し、裁判にかかり、死刑囚になって、道北拘置所に行ったのですから、最初から、助かろうと思ってはいないはずです」

と、横井が、いった。

5

「安藤所長が、木刀ではなくて、竹刀による試合を許可したら、松平優は、どうしただろうか？」

と、十津川が、きいた。

「竹刀による面や小手、胴をつけた試合になれば、松平優が、神原真太郎を、殺すことは難しかったと思いますが、そうはならなかったでしょう」

　と、横井が、いった。

「どうして、そうならないと思っていたんだ？」

「安藤所長は、神原真太郎が生きていること、そして、自分が、神原から伊勢村正を贈られたことを、気づかれているのではないかと、心配していたと思うんです。それに、もし、安藤所長が、竹刀による、面や小手をつけた試合を提案しても、神原真太郎にしてみれば、自分が殺した松平慎太郎の息子が、自分に復讐《ふくしゅう》するために、殺しにやってくると、考えていて、それなら、返り討ちにしてやろうと思ったと、私は、推測したのです。ですから、これは、必ず、木刀を使った試合になると、思いました」

「しかしね、私は、今回の事件については、少しばかり、腹を立てているんだ」

　十津川が、いうと、横井は、

「分かっています。松平優が、上野の寛永寺の境内で、殺さなくてもいい男女を、殺してしまった。そのことを、警部は、怒っていらっしゃるのでしょう？」

「その通りだよ。私は、松平優という若者が好きだし、剣道も好きだ。しかし、寛永寺の境内で、男女を殺したのは、どうしても許すことができない。いかに、多人数を殺して死刑の判決を受ければ、道北拘置所に送られて、父親を殺した神原真太郎に会えると考えたとしても、だからといって、何の罪もない男女を殺していいはずはないんだ。第一、松平優は、父母の敵として、それまでに、何人もの人間を殺しているじゃないか？　少なくとも、三人の人間を殺している。その罪を自白すれば、死刑の判決は、受けられたわけだろう」

と、十津川が、いった。

「たしかに、そうです。寛永寺の事件の前に三人の人間を、殺していますが、松平は、親の敵の神原真太郎を殺すまでは、つかまりたくはなかったのです。それで、証拠が残らないようにして、相手を殺しているのです。奇妙に聞こえるかもしれませんが、松平優が、いくら自分で、それまでに、三人を殺しているといっても、証拠がなければ、今は逮捕され、起訴されませんからね。ところが、神原真太郎が、道北拘置所にいることが、分かったわけです。それで、彼は、最後に、多くの人の目の前で、合計三人もの男女を、殺してしまったのです。そのことは、今でも、松平優の心に、大きなトゲとなって、刺さっています。松平優に会ってきましたが、その時も、彼は、死刑がいつ執行されるかは分からないが、理由なく殺した男女の冥福《めいふく》を、毎日祈ることにしている。松平優は、そういっていました」

と、いって、横井は、一瞬、言葉を止め、そのあと、

「ところで、安藤所長は、いったいどうなるのですか？」

「当然、罪を問われるだろう」

「そうですか。神原真太郎とグルになって、神原真太郎が自刃したように見せかけて、葬式まで出したのですから、仕方がありませんね」

と、横井が、いった。

「神原真太郎から貰《もら》った名刀伊勢村正も、返却されることになるだろう。松平慎太郎は、すでに死んでいるから、死刑囚として道北拘置所に収監されている松平優のものになるはずだ。しかし、松平優は、伊勢村正の名刀を、博物館に、寄付するだろうと、そういわれている」

と、十津川が、いった。

「そうですか。松平優は、一瞬、父親が持っていた伊勢村正を取り返そうとしました。しかし、今は、死刑囚ですから、彼が持っていても、意味がありません。ですから、今、警部が、いわれたように、国立博物館か、美術館に寄付することになると、私も思います」

と、横井が、いった。

食事のあと、コーヒーを飲みながら、十津川は、

「もうひとつ、君に聞きたい」

「何でしょう？」

「大西錬太郎警視総監の手紙のことだよ。三上刑事部長に聞いたら、あの手紙は、警視総監が、進んで書いたといわれているんだが、君の頼みを、あの融通の利かない警視総監がよく、承知したな？」

「大西警視総監は、高校から大学にかけて、剣道を習っていて、たしか、段位も、持っておられるはずです。その頃、大西警視総監が、熊野の松平慎太郎の道場を訪ねていったことが、あったそうです。三十年くらい前の話ですが。その時、松平慎太郎と意気投合して、手紙のやり取りをしたり、熊野で会ったりしていたそうです。その後、警視庁に入り、役職に就くことになると、多忙を極め、松平慎太郎との交際は、疎遠《そえん》になってしまいましたが、大西警視総監は、松平慎太郎のことをずっと、尊敬していたと、いわれています。ですから、私が警視総監に会って、松平慎太郎の息子、松平優のことを話し、あの手紙を書いてくださるようにお願いしたのです。あの手紙なしで、私一人が勝手に道北拘置所に行っても、松平優と、神原真太郎との木刀を使っての立ち合いは、実現しなかったと思いますね。ただ、大西警視総監は、殺し合いにな

ると は、思ってもいなかったでしょうから、それは申し訳ないことをしました」

「ところで、もう今となってはいいだろう。水戸の件だよ。あの時の君と松平との関わりを話しても」

と、十津川は横井の目を見据えていった。

「これだけは信じてください。私が水戸へ行くことを松平に話したことはありません。しかも、あの時の犯人が松平だとは、未《いま》だ断定できていないんじゃありませんか？ただ――」

「ただ、何だね」

と、十津川がたたみかける。

「松平が、私の水戸行きを知っていた可能性は否定できません。私は田中道場の師範に、水戸行きのことをしゃべりましたから」

と、横井は苦しそうにいった。

十津川は横井の話を半信半疑できいた。

「水戸の件もそうだが、全ては松平の自白を待つよりなさそうだな。それと、最後に、もうひとつ聞きたい」

と、十津川が、いった。

「新聞によると、松平優は、安藤所長に呼ばれて、君は、どのくらい、強いのかときかれた時、三本勝負ならば、誰とやっても、一本は譲り、二本は必ず勝つ。父親に、三本勝負を挑まれた場合の心得を、話してもらって、今も、それがいちばん正しいと思っている。そういったそうだが、君と松平優が、三本勝負をしたら、二本は、松平が勝って、一本は、松平が君に譲って、君を勝たせる。そうなると、思っているかね？」

十津川が、きくと、横井は、笑って、

「あれは、松平優が、わざと安藤所長に自慢してみせたんですよ。そうすれば、安藤所長がむきになって、試合の相手に神原真太郎を呼ぶだろう。そう思っての言葉ですが、しかし、たしかに松平と三本勝負をやったら、私は、たぶん、一度しか勝てないでしょうね」

と、横井が、いった。

「三本勝負の話は、君から以前きいたが、たしか、有名な剣士がいった話じゃなかったかな？」

「そうです。幕末の頃、日本一の剣の達人は、誰かということになった時、誰もが認めたのは、男谷精一郎でした。その男谷精一郎は、自分に挑んでくる剣士たちに対して、三本勝負をやり、一本は、必ず相手に勝たせる。そして、残り二本は、自分が必ず勝つ。どんな相手に対しても、変わらなかったといわれます。三本勝負で、二本を先に自分が取ってしまうと、相手が意気消沈して、ガッカリしてしまう。そうならないように、一本は、必ず相手に譲る。男谷精一郎という剣士は、幕末期のナンバーワンの剣士だったといわれています。この話は有名ですから、松平優も知っていて、わざと、安藤所長に、その話を、自慢げに、いったのでしょう。そうすれば必ず、神原真太郎が、出てくる。そう読んでのことだと、思いますよ」

と、横井が、いった。

「君は、これから、どうするつもりなんだ？」

「自分としては、ふたつのことを、実行しようと思っています。ひとつは、道北拘置所に入っている松平優に、時々会いに行くこと。そしてもうひとつは、来年もまた、全日本剣道選手権大会で優勝すること。このふたつです」

解 説

縄田一男

本書『十津川警部　鹿島臨海鉄道殺人ルート』(二〇一〇年十二月　小学館NOVELS刊)は、題名に〝殺人ルート〟がつく西村京太郎氏の作品の中でも、その連続する事件の面白さや、驚愕《きょうがく》の謎ときにおいて、一、二を争う傑作といっていいだろう。

物語は、池袋署の現職の刑事で、一月に行われた剣道の全国大会で優勝した横井哲が、毎日の素振りに使っている木刀を、故郷水戸の鹿島神宮と、藩校だった弘道館に奉納するため、彼の地に赴くところから幕があく。

作中にも説明があるが、鹿島神宮は、日本神話で大国主の国譲りの際に活躍する武《たけ》甕槌《みかづち》神を御祭神とする神武天皇創建の神社として伝えられている。

古代には、朝廷から蝦夷の平定神として知られ、また、藤原氏から氏神として崇敬された。その神威は、中世に武家の世界に移ってからも続き、歴代の武家政権からは、武神として崇敬され、現代にもそれが受け継がれている。

そして、この鹿島神宮とセットになって思い起こされるのが、剣豪塚原卜伝である。卜伝といえば、秘剣〝一の太刀〟の使い手として知られているが、彼は、この神宮の一族の出身で、鹿島氏の四家老の一人である卜部《うらべ》覚賢《あさかた》の次男として生まれ、覚賢の剣友・塚原安幹《やすもと》の養子となる。卜伝は号で、実家である卜部の本姓を由来とする。父祖伝来の鹿島古流に加え、天真正伝流香取神道流を修めて、鹿島新当流を開いた。

これらのことからも、横井刑事が、この神社に木刀を奉納するのは、極く当たり前の行為だが、それを終えて、弘道館に向う途中、彼は、県選出の代議士選で、相対する二人の候補の支援団体の乱闘騒ぎに巻き込まれて、もう一本の木刀を取り落としてしまう。そして乱闘が終わって現場に残されていたのは、一方の立候補者、佐々木誠の額を割られた死体で、その傍には、先端部分に血痕のついた横井刑事の木刀があったのである。そして彼は、殺人容疑で水戸中央警察署に留置される身に――。

ところが、一方、東京では、都民を震撼させる大事件が発生していたのである。

歴史研究グループ「江戸歴史研究会」の面々が、JR上野駅は不忍池《しのばずのいけ》口を出て、上野公園の西郷隆盛の銅像→彰義隊の墓→不忍池→花園稲荷神社→上野東照宮→東叡山寛永寺まで辿《たど》りついたとき、突然、白い羽織袴《はかま》姿の男が立ちはだかり、「天誅《てんちゅう》を加える」といい放つや、左手に持った白鞘《しらさや》の刀を抜き放ち、グループのリーダー、梅木清一郎を一刀のもとに斬り捨て、止めに入った男女二人を次々と斬殺。男は、それきり兇行をやめ、警察が来るまで、その場に正座をして待っていたという。

十津川らの尋問に、男は、「松平優、二十五歳」。歴史のことを「自慢気にしゃべっていた男が気に食わなかったから」という理由で斬りつけたという。

男の刀は刃こぼれひとつしていない。それもそのはず——男の所持していた刀は、備前長船《おさふね》で、鑑定してもらって本物ならば、上野の美術館に寄贈をしようと思っていた、という。

さて、備前長船兼光は、備前の国の刀工であり、四工存在した。しかし、一般には南北朝時代に活躍した刀工を指すことが多く、室町時代の作はほとんど見られない、という。有名なのは、文永年間の人、岡崎五郎入道正宗の正宗十哲とされる。大業物《おおわざもの》二十一工の一人。鉄砲斬り、石斬り、兜《かぶと》割り等の名作が多く、重要文化財指定の作刀がある。別名大兼光、通称孫左衛門。正宗の門人である点は年代的に見て疑問視する向きもある。

さらに、延文年間、南北朝の人、長船景光の子、左衛門尉。延文兼光と称される。最上《さいじょう》大業物十四工の一。こちらも、重要文化財の作刀がある。

こんな刀で斬られたらたまらないだろう。ミステリーファンなら、はやくもここで、冒頭の横井刑事の事件とこの上野の三人斬りとの関連を疑うだろうが、これは、すぐ知れる。

横井哲と松平優は、ともに池袋の田中道場の剣友であったのだ——。が、横井も道場主も決して松平はそんなことをする人間ではない、と証言する。

そしてここから、この物語が錯綜し、謎が謎を呼ぶ展開となるのである。

もし、純粋に物語を楽しみたい、とお考えの方で、解説の方を先に読んでいる方は、どうぞ、本文の方に移っていただきたい。

謎の刀絡みの事件は、これだけではなかったのだ。

前年の夏、少年グループによる多摩川の河原におけるホームレスへの暴行が問題になったことがあった。その折、T大学で社会心理学を教えていた野村功准教授が、ホームレスについての調査を行った。そして、TVに出演すると、あなたは本物のホームレスの実態を知らないと抗議が殺到。この准教授は、ホームレスの小屋の一つ一つを覗《のぞ》いて話をしていると、剣光一閃《いっせん》、日本刀で斬り殺されてしまったのである。

それだけではない——松平優と水戸の郷土史家のボスが電車の車中で起こしたトラブル。熊野の集落のある武術家の家で起こった伊勢村正の盗難未遂事件と、心臓発作を起こした一人の女性の死。

そして、伊勢村正を持ったままの松平優の父、慎太郎の死。

さらに、死刑囚が多い北海道は道北拘置所内で起こった暴動と、これを鎮圧するために、たまたま講演に呼ばれていた、現代における魔剣の使い手、神原真太郎が死刑囚二人を斬り殺し、三人を負傷させ、自らは自刃に及んだ、というショッキングな行為。


これらのピースは、やがて、十津川らの活躍によって見事に一つ物語をかたちづくっていくことになるが、最後に二つだけ、記しておきたいことがある。

まず、伊勢村正について。村正といえば、代々、徳川家に祟《たた》る妖刀として知られており、刀を抜いて収めるとき、鞘の入口にまで斬り目をつけるほどだった。また、村正を小川に置くと、上流から流れてきた葉っぱは、葉に触れただけで真っ二つになったという。

松平父子も、この姓ならば、どこかで村正に祟られたのではないか。

そして、もう一つ、幕末の剣豪、男谷《おだに》精一郎の名前が出てくるのにお気づきであろう。直心影流《じきしんかげりゅう》男谷派を名乗った、この剣豪は、実力の高さと、温厚な人柄から剣聖と呼ばれることもあった。天保から弘化にかけての一時期、島田虎之助、大石進と並んで天保の三剣豪と謳《うた》われた。安政三年、幕府の公武所が発足して、頭取並に出世し、門下からは、明治に入ってから兜割りを行った榊原鍵吉を輩出。君子の剣と称された。

作者が敢えて、この二つの例を挙げたのは、松平優は最後に悲願を果たしたが、そこに到るまでには、何の罪もない血が流されており、およそ、剣をとる者としては、許されないことではないのか。

それに対して、男谷精一郎の姿は正に剣士のあるべきそれ——哀しくも本書は剣を通じて気貴い人間の姿を見事に描き切ったミステリーの傑作といえよう。

この作品は2010年12月小学館より刊行されました。
なお、本作品はフィクションであり実在の個人・団体などとは一切関係がありません。

徳間文庫

十《と》津《つ》川《がわ》警《けい》部《ぶ》
鹿《か》島《しま》臨《りん》海《かい》鉄《てつ》道《どう》殺《さつ》人《じん》ルート

2018年7月15日 初刷

著者 西《にし》村《むら》京《きょう》太《た》郎《ろう》
発行者 平野健一
発行所 株式会社徳間書店
東京都品川区上大崎三—一—一
目黒セントラルスクエア 〒141—8202
電話 編集〇三(五四〇三)四三四九
販売〇四八(四五一)五九六〇
振替 〇〇一四〇—〇—四四三九二
印刷 図書印刷株式会社
製本 ナショナル製本協同組合

ISBN978-4-19-894371-4